사랑이
아무것도 아닌
날에도

사랑이
아무것도 아닌
날에도

•

백
가
연

차례

2. 행복의 궤도

3. 이제는 아주 가끔만 외롭다

들어가며

천문학을 공부하는 친구에게 물어보았던 적이 있다. 발 딛고 사는 지구가 아닌, 저 멀리 있는 행성들의 존재에만 골몰하다 보면 혹 허무함을 느낄 때가 있지는 않느냐고.

친구는 내 질문에 '실제로 그렇게 느끼는 사람들이 꽤 있고, 그런 사람 중 일부는 천문학 공부를 그만두게 되는 것 같다'고 대답했는데, 그러면서도 담담한 목소리로 덧붙였다. 자신은 그렇게 생각하지 않는다고. 당장 볼 수 없고, 만질 수 없어도 분명 존재하며 영향을 미치는 것들이 있다고. 사람들이

인지하지 못하고 있을 뿐, 그것들은 계속해서 검증되어 왔다고.

친구의 확신 어린 말을 듣는 순간, 보이지 않아도 존재한다고 확신할 수 있는 것들을 떠올렸다. 이를테면 사랑, 존경, 둘 사이의 축적된 시간 같은 것들.

사실, 그때의 질문은 내가 자신이 없어 던진 것이었다. 천문학을 공부하지도 않지만, 현실에 빗대어 말하자면 당장 촉감으로 느낄 수도, 두 눈으로 볼 수도 없는 것들에 시간과 애정을 쏟는 일이 막막하게 느껴질 때가 있었기 때문이다. 중요한 것들을 죄다 내버려 두고 나 홀로 허공만을 멍하니 쳐다보고 있는 모습이 될까 봐 그게 종종 두려웠다.

30대에 들어서며 알게 된 것이 있다. 어떤 성장통은 평생 안고 가기도 한다는 사실이었다. 아직

초등학생이던 때, 내가 조금만 의젓한 행동을 하면 주위 어른들은 '이 정도면 다 컸다', '어른 다 됐다'는 말들을 칭찬이랍시고 했으나, 그건 실은 죄다 뻥이었다. '이 정도면 다 컸다'는 건 평생 이루어질 수 없는 마법의 문장과도 같은 것이니까. 그때 그 어른들조차도 어쩌면 다 크지 않은 사람들이었을 테니까.

어른이 돼도 어른은 멀어서 계속해서 새로운 매일을 살아간다. 처음 경험하는 일 속에서 어릴 때와 마찬가지로 자주 구르고 넘어진다. 스물다섯쯤 되면 괜찮아질 거라고 생각했던 문제들도, 서른이 되면 이까짓 것쯤 고민 축에도 끼지 못할 거라고 여겼던 주제도 아직은 내게 너무나 풀기 어려운 수학 문제 같을 때가 많다.

그럴 때마다 주저앉고 싶었던 내게 힘이 됐던 건 손에 잡히는 방식으로만 감각할 수 있는 것들이 아니었다. 주고받았던 뜨거운 마음, 살가운 참견, 부당하다고 말하는 용감한 목소리 같은 것들이 나를 살게 했다. 우주를 대하는 내 친구처럼 눈에 보이지 않아도 존재한다고 확신할 수 있었다.

애정의 수혜를 입고 어려운 시간들을 지나고 나면 어제의 나와 조금은 달라져 있었다. 냉소적으로 세상을 대하는 게 마치 어른이 되는 방법이라고 착각하던 어리석은 시절은 그 마음들 덕분에 빠져나올 수 있었다. 가시적인 것들이 우리를 움직이고 변화시키고 삶을 이어 나가게 하는 거 같지만 실은 그것보다는 손에 잡히지 않는 많은 것들, 자본주의 사회에서 돈으로 환원할 수 없어 자주 무시되고 잊게 되는 무형의 존재들이 나를, 그리고 우리를 살게 하는 건 아닐까.

대단치 않은 나의 매일도 읽힐 만한 글이 될 수 있을지 자주 고민했다. 그러나 누구 하나 할 것 없이 평생에 걸쳐 성장통을 앓는다면, 나의 경험을 공유하는 것도 괜찮지 않을까 싶어 용기를 내게 되었다. 이 책은 어쩌면 다 큰 어른이 앓고 있는 성장통에 관한 이야기가 될지도 모르겠다.

나와 비슷한 고민을 안고 살아가는 사람이 있다면 조심스럽게 말해 주고 싶다. 우리 모두 살아 있는 한 계속해서 고민하는 존재라고. 조금 더 나은 삶, 조금 더 살 만한 공동체를 만들어가기 위해 매일 매일 골몰하는 일이야말로 더 나은 어른으로 다가갈 수 있는 유일한 길이지 않겠냐고.

어른이 된다는 것. 평생을 살아가도 도달할 수 없는 골인 지점인지도 모르겠으나 앞으로도 그곳을 향해 성실하고 씩씩하게 걸어가 보려 한다. 사랑이 아무것도 아닌 날에도 사랑을 말하면서. 당장 만질 수 없다 한들, 의미 없다 말하지 않으면서.

마지막으로, 사랑이 아무것도 아닌 날에도 언제나 곁을 지켜준 나의 가족과 이 책을 위해 나보다 더 애써 주신 다람 출판사 분들께 큰 감사 인사를 드린다.

2023년 3월 백가연

Chap 1

어쩌면 이루어 질 수 있는 것들

어쩌면
이루어질 수 있는 것들

이루어질 수 없는 것들에 대해 생각한다.

한여름의 크리스마스, 일주일 만에 이루어지는 짝사랑, 그리고 찬란한 중년.

나에게 '중년'이란 회색 지대의 어느 곳이었다. 젊은 내가 가지고 있는 선명한 색과 빛을 다 빼앗아 가는 곳. 도통 되고 싶은 중년의 모습을 찾을 수 없었다. 차라리 노년의 내가 더 쉽게 그려졌다. 하루로 따지자면 해가 너울너울 지고 있는 석양의 시간 말이다.

채도와 명도가 높은 색들이 젊은 시절의 나를 구성한다면, 노년의 나는 파스텔이 섞인 연두색 어딘가에 가깝길 자주 바랐다. 희게 새어버린 머리를 굳이 염색하지 않고, 여전히 케이팝을 좋아하는 할머니가 되고 싶다고 종종 생각한다. 경제적인 안정도, 마음의 여유도 얻은 나와 내 친구들이 한 마을을 이루어 살면 좋을 것 같다.

친구들과 모여 앉아 따뜻한 차를 마시며 책을 읽는 평화로운 노년의 풍경을 떠올릴 때면, 젊은 나의 불안도 잦아들었다.

그에 비하면 중년은 오후 서너 시쯤의 어딘가에 가깝다고 여겼다. 이제 와 새로운 것을 시작하기도 망설여지고, 하루를 마무리하기에는 아직도 날이 밝은. 누적된 피로를 등에 업고, 흘러가는 시간만 하염없이 바라보게 되는 때. 인생에서 가장 즐거운 시절은 이미 지나버렸는데 그렇다고 손안에 들어와 있는 편안함은 없는, 우중충한 모습만 자꾸 연

상되었다.

중년의 시작을 정확히 어디로 해야 할까. 심리학자 에릭 에릭슨은 40세부터 65세까지를 중년이라고 정의한다. 그렇게 치면 나 역시 중년이 몇 해 남지 않았는데, 10년 안에 중년이란 이름으로 불리기엔 여전히 스스로가 너무나 어리게 느껴진다. 이런 말이 무색하게 아주 솔직히 말해보자면 어릴 때의 나는 서른이면 모든 젊음이 다 끝날 것이라고 짐작했었다.

10대 때 나는 대중문화를 스펀지처럼 빨아들였는데, 그렇게 막무가내로 받아들인 콘텐츠들은 나를 이상한 두려움에 사로잡히게 했다. 중학생 시절, 전국을 강타한 드라마 《내 이름은 김삼순》(2005)의 주인공 김삼순은 해외 유학까지 다녀온 능력 있는 파티셰다. 하지만 서른이 됐는데도 결혼하지 않았다는 이유 하나로 주위 사람들로부터 온갖 구박을 받는다. 드라마를 보며 나는 막연히 감지했다. 아. 저 나이쯤 되면 사회에서 요구하는 조건이 있고, 그 조건 중 하나라도 빠지면 인정받을 수 없구나. 특히 여자에게 더 엄혹하구나. 그런 나에게 중년은 '자신의 즐거움보다는 사회에서 부여하는 책임과 의무가 막중해지는 시기, 나의 색깔을 내려놓고 책임과 의무를 받아들여야만 하는 시기'로 각인되었다.

풀어내는 방식만 조금씩 다를 뿐, 많은 콘텐츠들이 비슷한 메시지를 담고 있었다. 30대부터 이미 그랬지만, 40대와 50대는 더했다. 그 누구도 주인공이 되지 못했다. 삼순이는 부족하다 손가락질받지만, 주인공이기라도 했다. 하지만 40대와 50대 등장인물의 경우, 어떤 직업을 가졌는지조차 제대로 그려지지 않았다. 끽해봐야 젊고 생기 넘치는 주인공의 '엄마와 아빠'로만 그려질 뿐이었다.

책임과 의무만 짊어진 채 주인공 바깥으로 밀려나는 것이 중년의 숙명이라면 흘러가는 시간을 붙잡고만 싶었다. 특히 20대 후반의 3년 정도는 30대에 접어든다는 사실이 공포로 다가왔다. 한 살 두 살 먹을수록 서른 살의 삼순이가 우습기는커녕 삼순이만큼 대단한 사람도 없다는 걸 알게 됐으니까. 나는 삼순이처럼 멋진 직업을 가지지도 못했고, 열렬하게 하고 싶은 일이 있지도 않았다. 결혼이야말로 아주 먼 미래의 일이었다. 사회에서 요구하는 것 중 단 하나도 갖추지 않은 채 나이만 꾸역꾸역 먹어 갔다. 세상에서 도태되어 확 밀쳐지는 것 아닐까 매번 겁이 났다.

하지만 시간은 모두에게 공평한 것이라 결국, 그렇게 무서워하던 일이 벌어지고 말았다. 몇 해 전, 30대가 된 것이다. 그러나 겁먹었던 것이 우스울 만큼 지금의 나는 예전과 별반 다르지 않다. 조그만 일에도 온몸을 무너뜨리며 웃는 나를 보고, 20년 지기 친구는 "30대 중에 네가 제일 많이 웃을 거야."라고 면박을 준다. 친구는 고등학생 때도 내게 "전국 고등학생 중에 네가 제일 많이 웃을 거야."라고 핀잔을 주었다. 나뿐만이 아니다. 주위를 둘러봐도 다들 많은 부분에서 그대로다. 중학생 때부터 남을 잘 웃겼던 친구는 지금도 여전히 말장난을 잘한다.

다만 이제 그는 어떤 혐오 발언 없이도 웃길 방법을 공부한다. 타인을 깎아내리며 웃기는 쉬운 길은 이제 가고 싶지 않다고 말했다.

세월과 함께 나의 형태를 다듬어가는 동안에도 본질은 바뀌지 않았다. 누군가를 위로하고 싶을 때면 읽었던 책의 어느 부분을 들려주는 것도, 야경을 보고 있으면 무의식적으로 눈물이 나는 것도, 아픈 말을 냉정하게 내뱉고 한참을 후회하는 것마저도. 내가 평생 내 안에 머무를 수밖에 없다는 사실이 가끔은 슬프기도, 가끔은 구원 같기도 하다.

나이가 들어감에 따라 사회에서 요구하는 책임이야 있겠지만, 돌이켜보면 어느 시기에나 책임과 의무가 있었다. 그때의 내가 거기에 부응하지 않았을 뿐이었고. 쉽지야 않겠지만 지금껏 그래왔듯 앞으로도 내 식대로 살아갈 수 있을 것이다. 나도 친구도 자기 자신으로 태어난 이상, 자신만의 형태를 잘 가다듬으며 나이 먹어보려 한다. 삶은 언제나 드라마 속 세계보다 넓으니까.

이루어질 수 없다고 여겼으나, 어쩌면 이루어질 수 있는 것들에 대해서 생각한다.

우리나라와 계절이 반대인 호주에서는 한여름에 크리스마스를 맞이하겠지. 어떤 짝사랑은 사실 혼자만의 사랑이 아니라서 둘 중 하나가 용기를 낸다면 한 시간 안에도 이루어질 수 있을 것이다.

찬란한 중년은 감히 내가 한번 만들어 보고 싶다. 내가 가진 색과 빛을 빼앗기지 않고도 조금 더 깊고, 사려 깊게.

너의 새벽을 믿어

석사 시절을 같이 보낸 한 친구는 나의 박사 과정 합격 소식을 듣고 난 후, 축하를 망설였다고 한다. 너의 고생길이 훤히 보이는데, 정말 축하해도 된다고 말해도 될지 잘 모르겠다며 연신 걱정부터 했다. 친구의 착한 성정을 잘 아는지라 정말 온전히 나를 위한 염려임을 알고 있었지만, 축하 대신 걱정부터 비치는 말이 못내 서운했다. 나 역시 이 과정이 쉽지 않을 것을 알고 있었다. 그럼에도 시작해 보겠다고 아주 오랜 시간에 걸쳐 차근차근 결심을 해왔기에 어차피 누군가 대신해줄 수 없는 일이라면 그냥 새로운 시작을 축하해 주기만 바랐다. 좋든 싫든 앞으로 닥칠 모든 시간들은 내가 온전히 감당할 몫이니까.

서운한 마음이 듦과 동시에 1년 반 전, 지금의 나와 같은 결심을 했던 또 다른 친구를 대했을 때를 돌이켜 보게 됐다. 나는 어땠나. 충분히 고민했을 친구의 마음을 헤아려 주고 용기를 주는 사람이었나. 부끄럽게도 나 역시 당시 친구의 결심을 응원해주긴커녕 왜 그런 힘든 길을 가려고 하냐고, 너를 사랑하는 친구로서 차마 축하한단 말을 할 수 없다고, 염려 섞인 말들만 한참 늘어놓았다. 그때는 그게 친구를 위한 것이라고 믿었으나, 그 말이 정말 친구에게 도움이 됐을까. 그 과정에 대해 조금이나마 안다는 알량한 자만심으로 친구의 결정에 함부로 훈수를 두면서 내 말이 정답인 것처럼 굴지는 않았나, 내가 그 상황에 놓이고서야 의문이 들었다.

'사랑'이라는 이름을 입고 나는 필요 이상으로 관대함을 바랐다. 사랑하니까 이 정도 말은 괜찮고, 사랑하니까 너를 잘 알고 있고, 사랑하니까 내 생각이 곧 너의 생각이어야 한다고. 사랑을 방패로 나는 얼마나 많은 상처를 줘 왔던가. 그 말이 마치 너의 인생에 마음대로 개입해도 된다는 것과 동의어라도 되는 양 착각하면서. 사랑은 그 사람이 홀로 고민하며 보냈을 수많은 새벽의 시간을 믿어 주는 일, 아무것도 묻지 않고 그저 안아주는 일이었다.

어차피 나 말고도 당시 백이면 백, 모든 사람이 친구에게 다시 한번 생각해 보라고 그의 선택을 만류했었다. 정말 쉽지 않을 거라고, 너무너무 힘들 거라고. 지금의 내가 그랬듯, 그때의 친구 역시 이 길이 쉬울 거라 생각하며 도전한 건 아니었겠지. 지금의 나처럼 '그럼에도 불구하고' 하고 싶다는 열망 하나로 선택했겠지. 바보가 아닌 이상에야 마냥 낙관하는 마음으로 그런 결정을 하는 사람은 아무도 없다. 그러니 아흔아홉 명이 그를 말릴 때 나

하나만이라도 정말 잘 결정했다고, 쉽지야 않겠지만 잘 해낼 너를 믿는다고 말해야 했다.

한참 늦어 버렸지만, 더 후회하기 전에 친구에게 전화해서 그때는 정말 미안했다고, 내가 뭘 몰라도 한참 몰랐다고 사과했다. 친구는 무슨 마음인지 다 안다고 괜찮다고 말했지만, 가장 가까이에서도 친구의 편이 되지 못했던 내 모습은 아마 오래도록 무거운 짐으로 남을 것 같다.

장담할 수 없는 미래의 어느 날에도 비슷한 상황이 되풀이될까. 그런 날이 온다면 백 마디 말은 아끼고, 친구를 꼭 안아주며 앞날을 축복해 주고만 싶다. 내가 다 헤아릴 수 없는 그의 길고 긴 새벽을 조용히 믿어 주고 싶다.

사랑이
아무것도 아닌 날에도

영화《콜 미 바이 유어 네임》(2017)을 처음 본 순간을 아직도 기억한다. 수많은 은유 덩어리인 이 영화가 오래오래 먹을 수 있는 아주 큰 막대사탕 같이 느껴졌다. 한참을 입안에서 굴릴 수 있겠구나, 두 번을 보고, 세 번을 봐도 할 말이 있겠구나. 너무 좋아서 발을 동동 굴렀다. 얼른 내 주변 모두가 이 영화를 봤으면 좋겠다고 생각했다. 와인 몇 병을 비워가며 밤이 새도록 의미와 상징들에 대해 이야기하고 싶었다.

영화를 보고 있노라면 명확한 어조 대신 은근슬

쩍 들이미는 비유와 애매한 화법들이 끊임없이 쏟아진다. 서로에게 푹 빠진 두 주인공이 사랑한다는 말로 전하는 직접적인 고백 대신, "너의 이름으로 나를 불러줘.(Call me by your name.)"라고 말하며 상대에게 자신의 이름을 반복적으로 부르는 장면은 최은영 작가의 작품《그 여름》(아시아, 2017)에서 '누비'가 하던 말을 떠오르게 한다. '네가 아픈 걸 내가 고스란히 느낄 수 있고, 내가 아프면 네가 우는데 어떻게 우리가 다른 사람일 수 있는 거지?' 시대와 국경을 뛰어넘어 사랑이란, 내가 아닌 네가 되고, 너 또한 네가 아닌 내가 되는 것일까.

엘리오가 처음으로 올리버에게 자신의 마음을 솔직하게 표현했을 때도 은유는 계속되는데, 올리버는 엘리오의 고백에 '나도 너를 사랑하고 있어.'라고 명확하게 화답하지 않는다. 그 대신 "너의 말하는 방식이 좋아."라고 대답하며 에둘러 자신의 마음을 표현한다. 이미 약혼자가 있는 상황, 같은 성별, 심지어 자신보다 한참은 어린 남자, 비교적

개방적인 유럽일지라도 80년대라는 시대적 배경. 무엇 하나 쉽게 넘어갈 수가 없는 조건들을 헤아리다 보면 그의 직접적이지 못한 고백을 너무나 이해할 수 있었다. 곡선을 그리며 한참을 돌아간 그의 표현은 사실 그 어떤 직선의 고백보다 낭만적으로 다가오기도 했다. 이 모든 한계 속에서도 너를 사랑한다는 말로 들렸기 때문이다. '그럼에도'라는 접속사는 '그래서'라는 접속사보다 언제나 더 매력적이지 않은가.

하지만 직선이 아닌 곡선으로 범벅되어 있는 영화는 굳이 이 영화가 아니더라도 많다. 제일 좋아하는 영화로 이 영화를 단박에 꼽는 이유가 단순히 은유 때문만은 아니라는 뜻이다. 내가 이 영화를 좋아하는 건 은유도, 매력적인 두 주인공 때문도 아닌 바로 '엘리오'의 아버지 때문이다.

극의 마지막쯤, 이루어질 수 없는 사랑으로 아파하는 엘리오에게 아버지는 말한다. 홀로 느끼고 있는 그 슬픔과 함께했을 때의 기쁨까지 모든 감정들을 절대 잊지 말고 꼭 기억하라고. 인생의 시간이 더해갈수록 나에게 다가오는 사람의 수는 점점 줄어들 수밖에 없고, 사랑에 힘들어하고 아플 기회 역시 인생에서 아주 드문, 소중한 순간이라고.

행복만 좇느라 바쁜 이 세상에서, 사랑으로 인한 슬픔까지도 꼭 기억하라는 그 대사 때문에 나는 이 영화가 좋다. 얼른 훌훌 털고 이겨내라는 말 대신, 원 없이 눈물 흘리고 아파할 기회조차도 인생에서 아주 소중한 순간이자 몇 안 되는 날들이라고 말하는 어른을 이 영화 이전에는 본 적이 없었다.

할당된 사랑의 아픔을 모두 곱씹지 않은 이에게 다가오는 다음 사랑의 모습은 어떨까. 미처 소화되지 않은 슬픔들이 다시 고개를 들고 도망치라고 외치지는 않을까. 아마도 그날의 조언이 없었다면 엘리오는 훨씬 더 겁이 많은 어른, 그래서 아주 조그마한 사랑의 기척에도 깜짝 놀라 몸을 숨기기 위해

도망치는 어른이 될 수도 있었을 것이다.

지금 네가 느끼는 기쁨은 물론 슬픔까지도 기억하라고, 그것마저 아주 소중한 기회라는 말이 비단 사랑에만 국한된 것이 아니라고 생각한다. 그러나 슬픔보다는 기쁨에 후한 이 사회에서 아픔 따위는 훌훌 털어내고 잊어야 할 것으로 이야기될 때가 많다. 부정적인 감정은 적당히 숨기는 것이 미덕이라고만 배워 왔다. 그 누구도 지금 겪고 있는 모든 감정이 젊은 날에만 허락된 귀한 순간이니 전부를 기억해 두라고 말하지 않는다.

나라고 다를까. 이런저런 일로 힘들어서 나를 찾아온 친구에게 우선 잠을 푹 자라고, 자고 일어나면 아무것도 아닌 일이 되어 몽땅 잊을 수 있을 거라는 조언을 한 적이 있다. 숙면은 우울한 기분을 한결 개운하게 하는 데 도움이 된다. 하지만 안타깝게도 단순히 잠을 자는 일은 근본적인 해결책이 되지 못한다. 한참 시간이 흐른 후, 친구와 비슷하게 어려운 시기를 지날 때 비로소 그 사실을 깨닫게 됐다.

고통은 잊으려야 쉬이 잊을 수 있는 성질의 것이 아니었다. 마음은 문드러져도 가면을 쓴 채 사람들 앞에서 적당히 웃어 보이는 기술만 터득할 뿐이었다. 사람들 앞에서 내면의 감정을 감추다 보면 거기에 나조차 속아 넘어갈 때가 있었다. 이 정도 슬픔쯤은 아무것도 아니라고, 굳이 지난 시간을 하나하나 복기하며 멈춰 있을 필요가 없다고. 그러나 그것은 댐에 난 구멍을 두 손으로 간신히 틀어막으며 보수 공사가 완전히 끝났다고 외치는 것과 같았다. 언젠가는 반드시 일어날 큰 문제의 원인을 방치하는 꼴이었다.

푹 자고 일어나서 해야 할 일이 있다면 나를 고통스럽게 했던 그 모든 일을 잊으려 애쓰는 게 아니라, 조금이나마 건강해진 몸과 마음으로 지금 속해 있는 이 시절에만 느낄 수 있는 감정과 마주하는 일이 아닐까. 설령 그 순간이 당장은 나를 조금 더 괴롭게 하더라도.

과거를 돌이켜 봐도 터널처럼 어두컴컴한 시기를 지나던 나에게 가장 도움이 된 것은 지금의 고통을 얼른 털어내고 새롭게 시작해 보라는 희망찬 말이 아니었다. 취업은 취업대로 안 되고, 오래 만난 남자친구와는 매일매일이 위기였고, 한껏 예민해진 채 살다 보니 가족과도 자주 다투던 시기가 있었다. 아침에 눈을 뜨면 몸을 일으키기도 전에 침대에 가만히 누워 눈물부터 주르륵 흘렸다.

누구에게 털어놔 봤자 크게 도움이 되는 조언이나 공감을 얻지 못했다. 그러다 나와 같은 직종으로 취업을 준비하고 있던 두 살 많은 K언니에게 뜬금없이 이 시기를 어떻게 지나가야 하는지 모르겠다고, 너무 막막하고 힘들다는 이야기를 털어놓았던 적이 있다. 두서없는 나의 하소연을 차분히 듣던 언니가 말했다.

"가연아. 정말 힘들 때는 몸에 힘을 다 풀고 바닥까지 한 번 내려가 봐. 바닥을 찍고 나면 더 내려갈 곳도 없어서 결국 다시 올라오는 일 말고는 별수가 없더라. 그러다 보면 좀 더 오래 물 위에 뜨는 방법도 알게 되는 것 같아. 그러니까 너무 다 이겨내려고 하지 마."

정말 이상하게도 힘을 내라는 말보다 바닥까지 한번 가보라는 언니의 이야기가 암흑 같던 그 시기의 나를 구해 주었다. 바닥을 한번 찍고 나면 결국은 다시 올라올 수밖에 없다는 그 말이.

나는 10대 시절보다는 20대 때가 안정적이었고, 20대 때보다는 30대인 지금이 편안하다. 흐르는 시간과 함께 예측조차 불가능하던 수많은 감정의 변곡점들을 지나오며 이제야 삶을 조금씩 내 것이라고 부를 수 있게 됐다. 다만 올해의 나보다 한 살 어린 작년의 나에게 부러운 점이 있다면 바닥을 찍었다가도 다시 한번 고개를 내밀 시간이 일 년이나 더 있다는 것 아닐까. 겪어야 할 감정을 남김없이 겪고 나면 슬픔이 눈물과 함께 밀려 나간 자리에 여유 공간이 생긴다. 그때 비로소 그 공간에 한 시절의 슬픔과 기쁨을 차곡차곡 개어 넣을 수 있게 된다. 다 자란 어느 날, 그렇게 잘 정리된 감정들을 문득 꺼내 보며 미소 지을 수 있다면 그것으로 충분할 것이다.

체면이나 약속 같은 건 잠시 버려두어도 괜찮지 않을까. 젊음은 많이 울고, 많이 웃는 게 의무인 시기, 미숙함도 용서되는 시기가 아닌가. 일상을 팽개치는 것에 죄책감이 들 때면 언젠가 다시 건강해질 미래의 내가 지금의 몫까지 잘 살아줄 것이라고 무작정 믿어 보고 싶다.

혼자가 되는 시간 동안 감정을 곱씹어 본다. 지금의 나를 너무나 슬프고 힘들게 하는 일이 과거에 어떤 기쁨과 즐거움을 주었는지도 천천히 돌이켜

본다. 그토록 간절히 원하는 것, 그걸 얻지 못해서 마음이 찢어질 것같이 괴로운 나. 그로 인해 겪고 있는 지금의 격정적인 감정은 앞으로 남은 일생을 통틀어 몇 번 찾아오지 않을 귀한 감정인지도 모른다. 어떤 고통은 울 만큼 울어야 우리를 삶의 다음 단계로 나아갈 수 있게 한다. 평생 아픈 마음을 안고 살아가는 것보다는 차라리 잠시나마 삶의 바닥 가까운 곳으로 가보는 게 나을 때가 있다.

얼마 전, 인상 깊게 읽었던 김혜자 배우님의 인터뷰 한 대목이 떠오른다. 마지막일지도 모르는 인생의 챕터에서 당신이 찾은 건 무엇이냐는 인터뷰어의 질문에 돌아온 그의 답이 눈물이 찔끔 날 정도로 아름다워서 옮겨 적기까지 했다.

“사랑하고 사랑받은 기억이죠. 살아보니 제일 아름다웠던 순간도 가슴 아팠던 순간도 다 소중하게 모여서 기억이 돼요. 뇌가 쪼그라들어도 우리는 사랑하고 사랑받은 기억으로 살아요."

아직 많이 살아보지 않아 장담할 수는 없지만, 김혜자 배우님의 말이 맞다면 제일 아름다웠던 순간도 가슴 아팠던 순간도 다 소중하게 모여서 노인이 된 나의 기억이 될 것이다. 그러니 사랑이 아무것도 아닌 것 같은 날에도, 사랑을 말할 수 있다면 좋겠다. 사랑 때문에 눈물 흘리는 바보가 될지라도 지금의 기쁨과 슬픔을 모두 껴안고 살아가고 싶다.

너무 많은 용기가 필요하진 않기를

친절에도 체력이, 다정에도 용기가 필요하다. 나는 눈에 띄게 나쁜 애도 아니고 아주 착한 애는 더더욱 아니지만, 일상에서 마주하는 타인들만큼은 친절하게 대하려 노력한다. '노력'이라는 표현을 쓸 수밖에 없는 이유는 친절을 유지하기 위해 애쓰는 부분이 있기 때문이다. 이런저런 일들로 피곤하고 짜증이 가득한 날에는 사소한 배려조차 쉽지 않다. 한참 동안 키오스크 결제 시스템 때문에 애쓰고 있는 앞 사람을 도와주고 싶기는커녕, 모르는 체하고 빨리 줄어드는 옆줄로 이동하고 싶다. 얼른 내 몫의 햄버거를 받아 우걱우걱 해치우고 집에 가서 뻗고 싶다. 하지만 오늘도 마음을 다잡으며 조심스레 여쭤본다.

"저… 혹시 제가 도와드려도 될까요?"

사실 이 모든 행동의 근원에는 친절을 베풀면 언젠가 나와 내 주변에 복이 될 거라는 계산적인 마음이 없지는 않다. 가끔은 도깨비든 염라든 내가 하는 착한 행동을 잘 봐뒀다가 뭐라도 하나 돌려주기를 간절히 바라기도 한다. 쓰다 보니까 이런 대가성 친절은 착한 행동이라고 하긴 애매한 것 같지만, 그래도 로또 당첨 같은 거대한 행운으로 돌려받기를 기도하는 건 아니니까…. (좀 봐주면 안 될까요?)

스물 몇 살 무렵, 자주 어울리던 또래 친구들이 있었다. 우르르 몰려다니며 밥도 먹고 술도 마셨다. 어느 날 밤, 그중 하나가 갑자기 고민을 들어달라며 내가 사는 동네까지 찾아왔다. 개인적인 연락을 따로 할 만큼 가까운 사이는 아니었는데, 오죽 급하면 여기까지 왔겠나 싶어 서둘러 옷을 꿰어 입고 나갔다. 시간을 좀 내서 고민을 들어주는 것만으로도 그 사람의 마음이 나아진다면 이 정도 당혹스러움쯤은 아무것도 아니라고 생각했다.

그렇게 카페에서 만나 이야기를 주고받는데 상대방은 고민을 말하려는 사람치고는 알맹이도 없는 말만 한참 늘어놓았다. 그러다 건너편에 앉은 나의 손을 갑자기 확 잡아당기며 불쾌한 접촉을 시도했다. 너무 놀라서 황급히 손을 빼고 뛰쳐나와 무작정 도망쳤다. 우리 동네에서 만난 터라 지리를 훤히 알고 있었던 게 다행이라면 다행이었다.

집으로 돌아와 엉엉 울면서 같은 무리의 친구들에게 전화를 돌렸다. 그중 한 명이 아주 침착한 목소리로 증거를 남겨야 한다며, '네가 이러한 행동을 해서 굉장히 불쾌하니 사과를 원한다'는 내용의 메시지를 보내라는 조언을 해 주었다. (나중에 알았지만, 친구 역시 비슷한 사건을 겪은 적이 있었다.) 충격이 채 가시지도 않은 상황에서 친구의 말을 따랐다.

답장은 그다음 날에야 왔다. 술에 많이 취해서 구체적으로 어떤 행동을 했는지는 기억이 나지 않지만 너의 말이 맞는다면 내가 미안하다고, 다만 너를 향한 마음만큼은 진심이었으며 네가 평소에 나를 보고 잘 웃어줘서 자신과 비슷한 마음일 거라 믿고 있었다는 내용이었다. 메시지를 읽고 끓어오르는 분노를 참을 수 없었다. 결국은 모든 잘못의 원인을 자신이 취한 탓, 그리고 또 '잘 웃어준' 나의 탓으로 돌리고 있었다. 그것조차 기억이 안 난다고 말했다. 만에 하나 그 사람의 말이 사실이라고 한들, 그게 동의 없는 접촉에 대한 이유는 될 수 없었다.

결국 친구들까지 나서서 도와준 덕에 정식으로 사과받고 여차저차 종결할 수 있었지만, 한동안 나는 조용한 새벽에 천장만 바라보며 과거의 일을 하나둘 되짚곤 했다. '네가 평소에 나를 보고 잘 웃어줘서'라는 말에 매달리며 대체 내가 언제 그랬을까 돌이켰다. 나도 모르게 너무 많이 웃었나. 나도 모르게 그 애 얼굴을 많이 봤나. 나도 모르게 어떤 오해의 여지를 주었을까. 그렇게 기억도 안 나는 시간들을 하나하나 되짚다 보면 어느새 아침이 됐다.

그가 내 손을 잡았을 때, 그에게 잡힌 손을 억지로 빼내던 순간. 몇 초 정도의 시간 동안 나는 분명히 느꼈다. 맞은편에 앉은 남성이 대화라는 문명의 도구를 버리고 완력으로 나를 제압하려고 든다면, 나는 이길 수 없다는 것을. 그 힘을 떠올리면 이내 무력해졌다. 지성도 학습도 이 세계에서는 다 소용없는 걸까. 시간이 많이 흐른 지금도 낯선 사람이 "가연 씨는 참 잘 웃는 것 같아요."라고 말할 때 아무도 모르게 손가락 끝을 꾹꾹 누른다. 그때의 두려움이나 무력감에 매몰되지 않으려고 노력한다.

기쁨을 자주 이야기하며 살지만, 사실 나의 눈은 슬픔을 더 잘 보는 것 같다. 넘치는 슬픔의 틈 사이에서 잠깐씩 보이는 빛의 순간을 어떻게든 놓치지 않고 건져 올리기 위해 애쓰며 살고 있는지도 모르겠다. 세상을 냉소하기는 쉽다. 세상을 바라보고 그걸 그대로 읊으면 된다. 하지만 나는 그렇게 쉬운 방식으로 살고 싶지 않다.

그러니 친절이 꼭 좋은 보답으로 돌아올 수는 없다는 사실쯤 당연히 알고 있으면서도, 우리가 행한 친절과 다정이 언젠가는 꽤 좋은 순간으로 돌아올 것이라 믿어 보려 한다. 이런 막무가내식 믿음마저 없다면 나의 하루하루가 더 삭막해질 테니까.

의식적으로라도 노력하면 조금은 더 나은 사람이 될 수 있지 않을까. 오늘도 상상해 본다. 친절이 돌고 돌아 내가 사랑하는 사람들의 하루에 조그만 행운으로 굴러들어오는 그런 상상.

나는 매사 확신하길 주저하고, 작은 결정 앞에서도 노심초사한다. 무언가에 확신을 가지는 일이 삶의 또 다른 가능성을 차단할까 봐 두렵다. 섣불리 안다고 말하기에는 살아온 시간은 너무나 짧고, 그 시간을 지나온 내면 또한 도통 넓어지고 깊어지지는 않은 것 같다. 그러나 이것만큼은 안다. 보이지 않는 것들을 헤아리며 사랑하는 이들의 행복을 빌 때의 나는 그렇지 않을 때의 나보다 조금은 더 괜찮은 사람이 된다. 서로가 서로의 안위를 바라는 마음은 허공을 둥둥 떠다니다 어느 계절의 끝, 위태로운 하루를 보내고 있을지도 모를 누군가에게 닿지 않을까.

그러니 너무 많은 주의를 기울이지 않고도 안부를 물을 수 있기를, 어려움에 부닥친 이웃을 도울 수 있기를, 늦은 밤 고민을 나눌 수 있기를 바란다. 돌아올 행복을 계산해서 베푸는 친절일지언정 타인에게 마음을 기울이고 싶은 순간, 너무 많은 용기가 필요하진 않기를 바란다.

어떤 시절은
누군가가 나를 구했다는 사실조차도
모른 채 지나간다

본가에서 차로 4시간이 넘게 걸리는 서울로 대학을 오게 되었고 자연스럽게 대학 졸업 후 생활 터전도 서울이 되었다. 나처럼 서울에 자리를 잡은 고향 친구들도 몇 있긴 하지만, 대다수는 우리가 나고 자란 조그만 도시와 그 근처의 대도시에 자리를 잡고 살고 있다.

상황이 이렇다 보니, 학교 복도에서 마주치면 반가운 얼굴로 인사는 했어도 따로 내밀한 이야기를 나눈 적은 없던 친구들은 성인이 되고 난 후 영 만날 일이 없었다. 몇 년 만에 뜬금없이 연락해서 보고 싶다고 말하는 건 상상만 해도 어색하지만 그래도 그들이 어떤 얼굴로 컸는지, 어떤 어른이 되었는지 가끔 궁금해지곤 했다.

그나마 나이가 좀 먹고 나서는 누구 하나 결혼할 때 어린 시절 친구들 얼굴을 볼 수 있게 됐다. 결혼식에 참석하는 이유야 당연히 결혼 당사자를 축하하는 마음이 가장 크지만, 그 시절 '아주 멀지도, 아주 가깝지도 않았던 친구들을 보고 싶어서'라는 마음도 작지는 않다. 웬만하면 고향 친구들의 결혼식만큼은 빠지지 않는 두 번째 이유다.

결혼식장에서 오랜만에 만나는 친구들은 "가연이는 고등학생 때랑 똑같네."라고 말하며 신기해한다. 그때와 다를 바 없이 씩씩하고, 잘 웃고, 밝아서 보기 좋다고. 자기는 어른이 됐는데, 가연이는 아직도 그때 그 모습 같다고.

변함없다는 그들의 말을 들을 때마다 이상하게 안심이 됐다. 어린 시절에 비하면 어딘가가 많이 깎여 나간 것만 같은 지금의 나에게도 십 대 시절의 어느 조각이 남아 있나 보다 싶어서. 내 눈에는 친구들도 그대로의 모습인 것 같은데, 내가 모르는 그들의 어딘가도 조금씩 닮았을까. 그런 생각을 할 때면 시끌벅적한 결혼식장에서 남몰래 시큰해지곤 했다.

고등학생 때를 기억하는 친구들은 나를 몇 가지 비슷한 단어들로 설명했다. 밝고, 씩씩하고, 명랑한 아이. 목소리가 크고 어디서나 주목받기를 즐겼던 아이. 반면에 고등학교 1학년 내내 짝으로 붙어 다녔던 M은 어렸던 나를 자주 우는 아이로 기억했다. 무언가를 토로하면서 엉엉 울던 너의 얼굴을 몇 번이나 봤다고. 잘 웃었지만 그만큼 잘 울기도 했다고.

고등학교를 다니는 동안 종종 나를 찾아오던 열은 우울이 있었다. 반장을 도맡아 할 정도로 친구들과의 관계가 괜찮았고, 다른 층 교실의 아이들과도 인사를 하고 지낼 정도로 발이 넓었지만 가끔은 학교 안에서 벌어지는 모든 것들이 버거웠다. 그때는 감정에 알맞은 이름을 찾지 못해서 '사춘기는 이런 건가 보다.' 하고 여겼다.

가까운 친구들과의 시간은 분명 즐거웠으나 아침 8시부터 밤 10시까지 40명 정도 되는 또래 아이들과 한 공간 안에 있고 싶지는 않았다. 혼자가 될 시간이 전혀 없었고, 공상에 잠길 만한 여유도 없었다. 몇몇 남자애들에게 나는 지나치게 예민한 애였을 테지. 그들의 조심성 없는 언행에 스트레스를 받을 때면 참지 않고 화를 낸 적도 몇 번 있다. 무례함을 짓궂은 장난 정도로만 여기며 묵묵히 감내하는 일이 나에게는 더 어려웠다.

눈에는 보이지 않지만 공기로 느껴지는 아이들 간의 세력 줄다리기를 읽어내는 일도 피곤했고, 그걸 전혀 신경 쓰지 않고 살 정도로 쿨하지 못한 나 자신에게도 피로함을 느꼈다. '학생은 공부를 해야 한다.'라는 당위가 나를 움직이지 못한다는 점도 괴롭긴 매한가지였다. 남들은 별 의문을 가지지 않고 그저 열심히 교과서를 들여다보는 것 같은데, 나는 그것마저도 납득이 필요했다. 그래야 움직일 수 있었다. 크게 사고를 치지는 않았지만 어디에 딱히 마음을 붙이지도 못했으니 가까운 친구들과 그럭저럭 잘 지낸 일 외에는 썩 내세울 게 없는 삼 년이었다. 지금 와서 돌이켜보면 엄격한 규율이나 집단생활과 맞지 않는 나의 성향이 고등학생이라는 신분과 충돌하며 생긴 문제였던 것 같다.

상황이 이렇다 보니 누군가의 기억 속에 밝고 명랑하고 씩씩한 아이로만 남는 것도 참 고마운 일이지만, 나로서는 M의 기억이 더 설득력 있게 다가왔다.

다 같이 모이는 때가 오면 또 하는 이야기가 있다. 고등학교 1학년 때의 담임선생님 이야기다. 친구들은 저마다의 이야기로 선생님과 얽힌 기억을 되살려 주었다. 이야기를 듣다 보니 어느 날의 종례 시간이 떠올랐다. 아빠 연배의 남자 어른이었던 선생님은 종종 아무런 맥락도 없이 다들 가연이 잘 기억해 두라고, 나중에 유명한 사람이 될 거라고, 이다음에 크면 아파트 부녀회장이라도 꼭 할 거라고 하셨다. 너무 뜬금없는 그 말에, 나와 아이들은 다 같이 웃음이 터졌다. "가연이 인생은 모 아니면 도야."라고 말씀하시던 장난기 섞인 선생님 목소리가 아직도 귓가에 선명하다.

성적도 그저 그렇고, 수업에 열의를 가지고 임하는 것도 아니고, 말을 착실하게 잘 듣는 학생도 아닌 나를 특별한 아이로 봐주셨던 이유는 무엇이었을까. 선생님과 따로 대화할 기회가 있을 때도 영특한 소리를 했던 것 같지는 않다. 복도에서 선생님을 마주치면 수학 선생님께 혼났다는 이야기나, 한 학년 위의 선배들이 별것도 아닌 걸로 눈치 주고 선배질 한다는 이야기까지 시시콜콜 늘어놓았다. 선생님도 딱히 조언을 한다거나 사소한 일들에 일일이 개입하지 않고 그냥 들어주시기만 했다. 그때만 해도 지금보다는 선생님이 훨씬 어렵고 불편한 때였는데, 우리의 대화는 동네에서 오래 알고 지낸 이웃 어른과 옆집 아이가 나누는 수다 같았다.

그러나 좋아하는 어른이 그 많은 학급 인원 중에서 나를 콕 집어 이야기해 주는 것만으로 이상하게 든든해질 때가 있었다. 내가 나를 온전히 받아들이기가 어려워 다른 사람이 바라보는 나라도 붙잡아 보고 싶었던 시절이었으니까. 선생님의 장난기 어린 따뜻한 말들은 어울리지 않는 곳에 있다고 생각하던 그때의 나를 잠깐이나마 편안한 공간에 머무르게 해 주었다.

한 번도 선생님 앞에서 울어본 적은 없었던 것 같은데, 그는 혹시 나의 두 가지 모습을 다 알았을까. 친구들과 웃는 얼굴로 복도를 마구잡이로 뛰어다니다가도 스쳐 가는 말 한마디에 다쳐서 남몰래 엉엉 울던 어린 나를.

어떤 시절은 누군가가 나를 구했다는 사실조차도 모른 채 지나간다. 그런 중요한 사실은 대부분 한참 후에나 알게 된다. 그때의 내 모습이 나조차도 흐릿하게 느껴질 때.

선생님의 말씀은 지금도 내게 힘을 발휘한다. 논리 하나 없는 누군가의 무조건적인 믿음과 애정이 때때로 얼마나 큰 힘을 발휘하게 하는지, 그 힘을 통해서 조금씩 자라난 뒤에야 그 시간을 돌이켜보며 알게 되었다. 내가 나를 의심할 때도, 내가 나라는 사실을 잊지 않게 해 준 사람들. 그들이 쏟아 부어준 믿음 덕분에 많은 것들이 변한 와중에도 어떤 모습은 여전히 내 안에 남아 있다.

열일곱 살의 백가연은 나의 담임 선생님이 구했다. 갑자기 연락하는 일은 여전히 부끄럽지만 언젠가는 용기를 내서 말씀드리고 싶다. 선생님의 농담처럼 유명한 사람이 되진 못했지만 덕분에 17세의 가연이가 무사히 어른이 되었다고. 그 많은 시간이 지난 후에도 다른 사람이 되지 않고 백가연이 되었다고.

당신은 어쩔 수 없이 아름다운 사람이 된다*

'전문적으로 하는 것이 아니라 즐기기 위하여 하는 일, 아름다운 대상을 감상하고 이해하는 힘, 감흥을 느끼어 마음이 당기는 멋.'**

국어사전에서 취미의 뜻을 찾아보면 이렇게 아름다운 말들이 쏟아진다. 전문적이지 않아도 괜찮으며, 무용할지언정 아름다운 대상을 감상하고 이

* 김연수 작가의《우리가 보낸 순간》(마음산책, 2010)에서

** 표준국어대사전

해할 수 있으면 그만이고, 마음을 당길 수 있는 멋이 있는 것이라면 어떤 것이든 취미의 영토에 깃발을 꽂을 수 있다.

하지만 어떻게 된 일인지. 요즘 들어 취미를 부업의 이전 단계 정도로 여기는 사람들이 많은 것 같다. 취미로 그림을 그린다는 사람에게는 이왕 그림 그릴 거면 웹툰이라도 시작하라고 하고, 운동 삼아 필라테스 한다는 사람에게는 강사 자격증이라도 준비해 보라고 한다. 온 세상이 취미를 취미로만 가지는 사람을 가만히 두지 않고, 계속해서 생산성과 유용함을 증명해내라고 달달 볶는 것 같다. 암만 생각해도 취미의 쓸모는 내가 그 행위를 통해서 기쁠 수 있다면 충분한 것 같은데. 그것만으로 취미의 생산성은 달성된 것 같은데 말이다.

취미를 통해 새로운 수익 채널을 창출하려는 사람이야, 즐기다 돈도 벌면 좋겠지. 나도 당연히 돈 좋아한다. 환장한다. 다만, 돈은 직업을 통해서만 벌고 싶다. 취미에까지 멱살 잡으면서 돈 벌라고 다그치기엔 마음이 아프다.

독립출판으로 두 권의 책을 낸 이후, 비슷한 질문에 자주 시달렸다. 독립출판 그거 돈이 좀 되냐고, 책으로 낸 수익은 얼마냐고. 그것보다는 책을 낸 기분은 어떤지, 글 쓰는 일은 내게 어떤 의미인지, 여전히 가슴 뛰는 일인지 물어봐 주길 원했다.

책을 사는 일 역시 그렇다. 나는 한 달에 최소 5권 이상의 책을 사고, 많으면 10권 가까이 사기도 한다. 한 권 값을 13,000원 정도로만 잡아도 한 달 동안 책에만 10만 원 정도의 소비를 하는 것이다. 도서관에서 빌릴 수도 있고 조금 더 저렴한 전자책을 구매할 수도 있지만, 그런 효율을 따지기에는 디자이너와 편집자가 고심해서 만들었을 '책'을 소장하는 일까지를 사랑한다.

만져지는 물성까지가 내가 정의하는 책이며, '책 만드는 일은 결국 제조업'이라는 말 역시 참 멋지다고 생각한다. 나에게는 읽고 쓰는 일이야말로

'아름다운 대상을 감상하고 이해하는 힘, 감흥을 느끼어 마음이 당기는 멋'이다. 이 취미에 먹고사는 일의 괴로움과 짐을 지우고 싶지 않다.

알아가고 싶은 세계를 열심히 탐구하는 것만으로도 충분히 신난 나를 세상이 가만두지 않으려고 할 때, 소리 내서 읽어보는 김연수 작가의 문장이 있다.

"무용한 독서의 소중함. 우리가 지금 좋아서 읽는 이 책들은 현재의 책들이 아니라 미래의 책이다. 우리가 읽는 문장들은 미래의 우리에게 영향을 끼친다. 그러니까 지금 읽는 이 문장이 당신의 미래를 결정할 것이다. 아름다운 문장을 읽으면 당신은 어쩔 수 없이 아름다운 사람이 된다."*

이 문장을 읽을 때, 내 마음의 소란스러움이 줄

---

* 김연수 작가의《우리가 보낸 순간》(마음산책, 2010)에서

어든다. 조금 더 아름다운 사람이 되고 있다는 착각 속에 빠진다. 사실, 오늘의 쓸모만을 따지면 할 수 있는 게 아무것도 없다. 당장 이 글조차 쓸 필요가 없지. 세상에는 나보다 잘 쓰는 사람들이 널리고 널렸다. 글쓰기만 그럴까. 외국어를 배워도 어릴 때부터 그 나라에서 나고 자란 일곱 살을 따라가기란 힘든 일이고, 코딩을 배워도 프로그램 하나를 뚝딱 만들 정도가 되려면 아마도 몇 년이 걸릴 것이다. 처음 파이썬(python, 컴퓨터 프로그래밍 언어)을 배울 때만 해도 빅데이터쯤은 쉽게 다룰 수 있을 줄 알았는데, 간단한 코드를 짜는 일조차 몇 시간을 끙끙 앓았다.

그러나 그렇게 축적된 무용하고 아름다운 시간들이 지금의 나를 만들어 주었다. 세상에 단 하나의 정답 같은 건 없다고 여기는 나도, 결과야 어찌됐건 마음이 동한 일은 일단 시작하고 보는 나도, 모두 '생산성'이 만들어 준 내가 아니라 무용하고 아름다운 시간들이 만들어 준 나이다. 물론 코딩은 포기했지만, 그마저도 나에게 남긴 깨달음은 있다. 나는 코딩과 관련된 자질이 단 하나도 없다는 사실. 덕분에 이제 완벽하게 타인의 일이 되었고, 코딩 전문가들을 존경하게 되었다. 미련은 한 톨도 남아 있지 않다.

마음을 다 한 일들은 어떤 방식으로든 내 삶에 족적을 남겼다. 눈에 보이지 않더라도 의미 없다고 말할 수 없다. 어제 아름다운 문장을 읽은 내가, 오늘 조금 더 아름다운 사람이 되어 있는 것처럼.

사랑이 향하는 곳으로

그러니까 나는, '사랑'에 자신 있다. 사랑의 대상으로 선택받는 일이야 어차피 다른 사람 소관이니 논외로 하고, 주체가 되어 사랑할 때의 마음과 태도만큼은 꽤 괜찮다고 자부한다. 아마 내게 재능이 있다면 사랑하는 일, 내가 가진 가장 깨끗하고 따뜻한 마음을 내어주는 일 아닐까.

그러나 모든 대상을 단 하나의 방법으로만 사랑하는 것은 아니다.

사샤 세이건은 '의문을 제기하고 탐구하고 검토

하고 개선할 방법을 찾는 것도 무언가를 사랑하는 방법'*이라고 말했다. 나는 이 말을 무조건적으로 수용하고 받아들이는 것만이 사랑이 아니라, 냉정해 보일지라도 그 대상을 비판적으로 바라보고, 개선할 점을 찾는 것 역시 사랑이라는 의미로 받아들였다.

내 사랑의 방식은 이 문장과 맞닿아 있을 때도 있지만, 전혀 딴판일 때도 있다. 눈 딱 감고 냉정하게 이 부분은 고쳐야만 한다고 말할 때가 있는가 하면, 상대를 위해 비판적으로 바라보려 해봐도 그저 포용하고만 싶은 마음이 들 때도 있으니까.

그런 사랑의 대상은 주로 '사람'이었다. 그러나 포용하고만 싶다고 해서 상대를 해석하고 떠드는 것을 멈추는 것은 아니다. 당신을 좋아하는 이유를

* 사샤 세이건 저, 홍한별 역, 《우리, 이토록 작은 존재들을 위하여》(문학동네, 2021)에서

백 가지는 댈 수 있고, 우리의 첫 만남과 기약 없는 미래의 어느 날은 물론, 당신조차 모르는 당신의 고유하고도 사소한 습관에 대해서 몇 날 며칠을 떠들 수 있다. 이 모든 것은 사랑의 눈으로 대상을 탐구하고 해석할 때야 비로소 나올 수 있는 결과물이었다. 온도계를 넣어 수온을 체크하는 게 아니라, 비효율적일지라도 '당신'이라는 물속에 풍덩 빠져서 온도가 차가운지 더운지를 온몸으로 느낀 후에야 나올 수 있는 것이니까.

그런 사람들이 있다. 좋아하는 것이 생기면 끝끝내 커다란 배낭을 짊어지고 길고 긴 모험을 떠나고야 마는 사람들. 나 역시 그렇다. 어릴 때부터 뭔가에 빠지면 정신을 못 차렸다. 학업에는 영 발휘되지 못했던 집념과 행동력이 '덕질'에는 십분 발휘되었다. 중학생 때 서울에서 열리는 콘서트를 보려고 우리 지역 팬들을 모아 버스까지 대절했던 나는, 성인이 되어 서울에 입성한 뒤부터는 더 본격적으로 덕질에 몰입했다.

누구나 알 정도로 유명하진 않지만 아이돌에 관심 있는 사람들은 알 만한 걸그룹을 좋아한 적이 있다. 그들의 곡을 단 한 번이라도 들어보거나, 매번 최선을 다하는 그들의 무대를 본다면 누구나 팬이 될 거라고 믿었다. 하지만 세상 사람들은 왜 내 마음 같지 않은지. 외모, 실력, 곡 모든 것들의 조화가 잘 맞아떨어지는 그룹임에도 '대박'이 좀처럼 터지지 않았다.

그러던 중, 나는 말 그대로 일을 벌였다. 그들의 성공과 롱런을 위해서라면 이번 사랑은 조금 달라야 했다. 마음 맞는 친구들과 함께 그룹의 음반 기획서를 쓰기로 한 것이다. 아무도 시키지 않은 일에 몇 달 동안 모든 에너지를 투입했다. 관심 없던 온갖 마케팅 기법을 다 공부했고, 엔터테인먼트 산업도 열심히 분석했다. 다음 앨범의 대주제, 곡에 녹일 의상과 상징, 그룹과 어울리는 작곡가, 후속 자리를 노려볼 만한 걸그룹까지. 마음이 아파도 그들의 현재 문제점이 무엇인지도 냉정하게 파악하려 했다. 그렇게 우리가 공부하고 분석한 것들을 몇십 장의 기획서 안에 공들여 담았다. 지원받는 돈이라곤 한 푼도 없었지만, 신이 나서 열중했다.

모임의 장이었던 내가 대표로 소속사에 연락했다. 메일을 보내고 전화도 걸었다. 애절한 목소리로 '우리가 이런 기획서를 써서 메일로 보냈으니, 제발 읽어만 달라' 사정했다. 평소였으면 엄두도 못 낼 행동이었는데 하나도 부끄럽지 않았다. 애정을 담아 걸어가는 모든 발자국은 이상하리만큼 나를 용감하게 만들었다.

결론부터 말하자면 그 걸그룹의 다음 앨범에 우리의 아이디어는 전혀 반영되지 않았다. 회사에서 우리 제안서를 읽기나 했을까. 아니면 읽었어도 영 별로라고 생각했겠지. 속이 조금 쓰렸지만, 그래도 괜찮았다. 사랑하는 누군가를 위해서 뭐라도 해 주었으니까. 실질적인 보탬이 되지는 못했더라도 당신들의 눈이 닿지 않는 어딘가에서 당신들을 응원하고 당신들의 성공을 간절히 바라는 사람들이 있다는 것을 알렸으니까.

그렇게 의문을 제기하고 탐구하고 검토하고 개선할 방법을 찾는 방식의 사랑이 시작되었나. 그 사랑은 나를 그 자리에 가만히 고여 있게 두지 않았다. 자꾸만 내 관심을 그 주변부로 흐르게 하고 확장시켰다. 얼마 전 아기를 낳은 친구가 길거리에서 마주치는 모든 아기를 출산 이전보다 더 사랑스러운 눈길로 쳐다보게 된다고 했던 것과 비슷했다. 어쩌면 이게 두 번째 방식의 사랑이 가진 기본 성질인지도 모르겠다.

아이돌을 좋아하다 보니 자연스럽게 대중문화에도 관심이 생겼다. 관심이 생기자 고민도 생기고 궁금한 게 많아졌다. 특히 페미니즘과 대중문화를 떨어뜨려 생각하기 어려웠다. 어린 아이돌 지망생들이 핑크빛 교복을 입고 나와 'Pick me'를 외치는 것을 어떻게 받아들여야 할지, 스포츠 브랜드에서 '당당한 여성'이라는 캐치프레이즈로 운동화를 광고하는 것이 정말로 여성 인권에 도움이 되는지, 드라마 속 이상적인 여성상이 때때로 얼마나 폭력적인지를 골몰하게 됐다.

혼자 전공서와 대중서를 찾아 읽어보았지만, 궁금증이 해소되기보다 어지러움만 더 커졌다. 내가 지난 30년 가까이 문제없이 받아들였던 세상의 어느 축이 무너지면서 혼란스러움과 죄책감이 생겨났다. 내가 향유하는 이 문화의 어떤 부분들이 여성 인권 착취와 긴밀히 연결되어 있다는 것을 알면서도 계속해서 소비하는 나 자신이 싫어지기도 했다.

그러나 오랜 시간 애정을 쌓아온 세계에 완전히 등을 돌리기란 쉽지 않은 일이었다. 마음이 움직이는 것을 당장 막을 수 없다면 조금은 두려워도 대상을 똑바로 응시한 채 사랑하기로 했다. 의문을 제기하고 탐구하고 검토하고 개선할 방법을 찾는 방식으로. 대상을 무조건적으로 받아들이는 것이 아닌, 입체적으로 바라보고 해석하는 것 역시 사랑이므로. 과정 없는 결과란 존재하지 않는다. 섣불리 정답을 외치기보다는 과정 안에서 조금씩 나은 방향으로 몸을 틀어보려고 한다.

내 사랑의 대상처럼, 나 역시 0과 1의 세계에 있지 않다. 하나의 답을 내리기가 참 어렵다. 답을 내리기도 어려운데 내 사랑은 자꾸만 산발적으로 흩어져 간다. 40대가 되기 전까지 해외 고전 문학을 100권 이상 읽고 싶다. 문학 비평에도 관심이 있어서 얼마 전부터 수업을 찾아 듣기 시작했다. 일찌감치 K-아이돌을 사랑하면서 문화 연구에도 뜻이 생겼다. 이 시대의 여성으로서 페미니즘과 대중문화, 페미니즘과 한국문학을 가로지르는 이슈들도 놓치지 않고 싶다.

뚝심 있게 단 하나만을 좇는 멋진 사람들 사이에서 목적지 없이 헤매다 보면 어느 곳에도 도착하지 못할까 봐 불안해지는 날도 있다.

아무리 고민해 봐도 내가 가야 할 단 하나의 종착역은 모르겠다. 그러나 적어도 그곳까지 걸어가는 방법만큼은 알고 있다. 마음에 자꾸 밟히는 것들을 지금처럼 탐구하고 해석하고 아끼는 것. 그것이 내 사랑이 향할 길, 내가 걸어가야 할 길이다.

저도 제 딸처럼 살고 싶어요

엄마와 점을 보러 갔다. 엄마는 일 년에 한 번씩은 꼭 용한 곳을 찾아간다. 소문난 점집이 하필 서울, 그것도 무려 우리 동네에 있지만 않았어도 미신에 도통 관심이 없는 내가 엄마를 따라가는 일은 절대 없었을 것이다. 어디서 점집 연락처를 받아온 엄마에게 나는 굳이 그런 데를 꼭 가야겠냐고, 그 돈으로 맛있는 거나 사 먹자고 한참 투덜거렸다. 사주는 통계학적인 측면이라도 있지, 신점이야말로 미신의 표본 아니냐고 내내 잔소리를 하는 내게, 엄마는 이건 그냥 일종의 고민 상담소를 찾아가는 것과 비슷하다고 말했다. 뭐라도 한참 털어놓고 나오면 당장 문제가 해결되지는 않더라도 용기가 난다고. 그 말에 어쩔 수 없이 엄마 손을 꼭 붙잡고 집을 나섰다. 두세 달에 한 번쯤 딸들을 만나러 서울에 오긴 하지만 아직도 이 지역이 낯선 엄마를 홀로 보낼 수는 없었다.

엄마는 지금 하는 가게를 언제까지 하면 좋을지 물어볼 거라고 했다. 체력도 예전 같지 않아 언젠가는 가게를 접어야 할 텐데 도통 좋은 시기를 모르겠다며 신기 있는 사람이 짚어주는 시기를 적기라고 믿어 보고 싶다고 덧붙였다. 그 말을 듣고 나니 조금은 엄마가 이해됐다. 삶 앞에 놓인 수많은 선택의 기로에서 어차피 그 누구도 정답을 알려줄 수 없다면 가장 분명하고 확신에 찬 어조로 말하는 자를 따라가고 싶어지는 게 당연하니까. 혹시라도 결과가 좋지 않을 땐 사실은 자신의 손으로 내린 결정임을 알면서도 '그 집 용하다더니 순 뻥이네!' 따위의 말로 원망할 대상을 만들 수도 있잖아. 많은 경우, 실존의 문제보다 중요한 건 믿음이다. 하긴 내가 좋아하는 가수도 그런 말을 했었지. 산타클로스가 존재한다고 믿는 마음으로 착한 일을 하게 된다면 그걸로 이미 그는 존재하게 되는 거라고.

그러나 고쳐먹은 마음이 무색하게 점집에 들어간 지 5분도 안 되어 발걸음을 돌리고 싶었다. 엄마의 손을 붙잡고 꾸벅 인사하는 나를 보자마자 점쟁이가 "딸이 기가 세구먼. 보통이 아니야."라고 말했기 때문이다.

나는 1990년도에 태어난 백말띠 여자다. '백말띠 여자는 팔자가 세다'는 미신 아래, 여아 100명당 남아 116.5명이라는 불균형한 출생성비가 기록된 그 해. 나는 운이 좋아 죽임당하지 않고 태어났다. 운으로 결정 당하는 게 삶이 아니었으면 좋았을 텐데. 운은 그저 5,000원짜리 복권에 당첨될 때나 쓰는 말이었으면 좋았을 텐데. 자라면서도 백말띠 여자애들은 기가 세서 결혼하기 힘들다느니, 남자를 잡아먹는다느니 따위의 저주에 가까운 말을 숱하게 들었다. 결혼이 인생의 목표도 아니거니와 그런 편견을 가진 사람과는 나 역시 결혼하고 싶지 않았지만, 그들이 내리는 판단에 내 의견은 중요하지 않았다. 선생님들마저도 교탁에 서서 그런 말을 아무렇지 않게 했다.

기가 세다는 말은 귀가 닳도록 들어왔으니 이제는 별 타격이 없다. 오히려 칭찬으로 들리기도 했다. 그건 눈이 밝고 맑은 사람, 그중에서도 여성만을 지칭하는 말이니까.

점쟁이 아주머니는 엄마의 이야기를 듣는 중간중간에도 딸이 기가 세서 큰일이라는 말을 몇 번이나 했는데, 대화 말미에는 기어코 400만 원짜리 굿을 추천했다. 그 굿을 하면 나에게 얽혀 있는 것들이 다 풀릴 거라고 덧붙였다. 대체 뭐가 풀린다는 거지? 백말띠가 다른 띠로 바뀌기라도 한다는 건

가. 아리송한 표정으로 점쟁이의 얼굴을 보는데, 조용히 듣고 있던 엄마가 갑자기 입을 열었다.

"저는 제 딸이 부러워요. 이런 성격이야말로 세상 살기 적합한 성격이라고 생각해요. 저도 제 딸처럼 살고 싶어요."

깜짝 놀라 엄마를 쳐다봤다. 내가 아는 엄마는 낯도 가리고 부끄러움도 많이 타는 사람이었다. 굳이 누군가의 의견에 반대하면서 자기의 주장을 관철하는 법이 잘 없고, 불편한 일이 있어도 화내는 대신 관세음보살을 몇 번이나 외며 조용히 넘어가는 그런 사람. 하지만 그 무례한 말 앞에서 엄마는 한 치의 망설임도 없는 목소리로 말했다. 나는 내 딸이 부럽다고, 나도 그렇게 살고 싶다고.

나처럼 산다는 건 뭘까. 왜 엄마는 나처럼 살지 못했을까.

예쁜 옷도 입고 싶고, 공부도 더 하고 싶었던 나의 엄마는 스무 살이 되자마자 고향에 있던 조선소에 경리로 취직했다. 스무 살의 어린 여자애가 조선소 아저씨들 특유의 거친 언사도 묵묵히 감내하며 일을 했다. 월요일부터 토요일까지 출근을 하고도 일요일에 추가 근무를 하라고 하면 군말 없이 회사에 갔다. 넉넉하지 않은 집에 쌀 떨어질 일은 없게 해야 했으니까. 아무리 어려도 투덜거릴 새가 없었다. 엄마의 언니 셋 역시 가족을 위해 똑같이 일해 왔으니 이 정도는 당연히 참아야 한다고만 생각했을 것이다.

참는 게 습관이 되다 보니 언젠가부터 화낼 줄 모르게 되었다고 했다. 가게를 하며 무례한 손님들을 마주할 때도 벌컥 목소리를 높이기보다는 죄송하다며 사과했다. 그런 날이면 밤새 끙끙 앓는 소리를 냈다. 참기만 하는 자신이 안타까워서가 아니었다. 딸은 엄마 팔자 닮는다던데, 우리 딸들도 나처럼 참고 살면 어쩌나 그게 더 무서웠다고, 엄마는 내게 말했다.

그러나 나는 어릴 때부터 잘도 따지고 들던 애였다. 초등학교도 입학하지 않은 애가 며느리들만 주방을 들락날락하는 것을 도저히 이해할 수 없어서, 가장 어른인 할머니를 붙잡고 "할머니, 왜 우리 엄마만 부엌일 해요? 빨리 다른 남자들도 시키세요."라고 따지고 들었으니까. 엄마는 집안 어른들의 눈치를 보면서도 내가 자신을 닮지 않아 다행이라고 생각했다. 속으로만 앓다가 화내는 방법조차 까먹는 사람은 되지 않을 것 같아서. 벌써부터 자신을 지키려고 드는 어린 딸이 앞으로 살면서 얼마나 많은 것들과 싸우게 될까, 눈앞이 캄캄하기도 했지만, 자신만큼은 꼭 평생 딸의 편이 되어주겠노라 다짐했다고 고백했다.

나를 있는 그대로 지켜 주려 애쓴 엄마 덕에 나는 무엇이든 툭툭 털어낼 수 있었다. 남들이 뭐라고 이름 붙이든, 너를 잘 아는 사람인 엄마의 말만 믿으라고 했다. 다른 어른들이 여자애가 성격이 유별나서 큰일이라고 한마디씩 거들 때마다, 엄마는 매번 '우리 가연이는 나중에 큰 인물이 될 거예요.' 라고 말하며 내 편을 들었다.

덕분에 지금의 내 모습으로 자랄 수 있었다. 부당한 일 앞에서는 한마디 꼭 해야 직성이 풀리는 사람, 내가 무엇을 좋아하고 무엇을 견딜 수 없는지 알고 있는 사람. 누군가에게는 기가 세서 400만 원짜리 굿을 해야 하는 사람이겠지만, 우리 엄마에게는 딸처럼 살고 싶게 하는 그런 딸로 말이다.

점집에서 나와 집으로 돌아오는 길에는 아무 말 없이 엄마의 손을 꽉 붙잡았다. 나는 엄마가 나처럼 살기를 바라지 않는다. 내가 나이듯, 그는 그 자신이어야 할 테니까. 걷는 내내 다짐했다. 그가 어린 나를 지켜주었듯, 나 역시 그가 원하는 곳이라면 세상에서 가장 먼 곳이 될지라도 손 꽉 붙잡고 함께 가 주겠다고.

Chap 2

행복의 궤도

행복의 궤도

중년으로 넘어가면 사람을 이렇게 나눌 수도 있다. 내가 이만큼 불행했으니 너 역시 절대 나의 궤도 밖으로 벗어나서는 안 된다고 엄중하게 경고하는 사람과 나는 한 번도 벗어나지 못한 이 테두리를 너는 꼭 벗어나 더 큰 세상을 보라고 권유하는 사람. 아빠는 후자다.

취업 준비를 하는 몇 년 동안, 속이 문드러져 갔다. 그간 내가 살아온 인생을 몽땅 부정하고 싶은 날들이 이어졌다. 짜증이 늘었고 나답지 않게 땅만 파는 날들이었다. 아빠는 그런 나에게 매일같이 전화를 걸어서 "오늘은 뭐하고 재미나게 보냈노?", "오늘은 즐거웠나?" 하고 물어보았다. 공부가 잘되어 가냐는 말이나, 이제 슬슬 기자 준비는 접고 다른 걸 해봐야 하지 않겠냐는 말은 한 번도 없었다.

취준생이 대체 재밌을 일이 뭐가 있으며, 설령 그런 일이 생긴다 한들 즐거울 리가 있겠냐고 뾰족하게 받아칠 때가 많았는데 아빠는 그놈의 행복 타령, 즐거움 타령을 지치지 않고 자꾸만 했다.

그런 대화가 반복되다 보니 어쩔 수 없이 아주 사소한 행복이 눈에 들어오는 날도 있었다. 도서관에서 공부를 마치고 터덜터덜 집에 들어가다가 오랜만에 만난 붕어빵 리어카가 그날의 10초짜리 행복이기도 했다. 어김없이 행복했는지 물어올 그에게 답하기 위해, 10초짜리일지라도 잘 담아 두려 노력했다. 붕어빵을 우걱우걱 먹으며 '가연아, 기억해. 지금이 행복의 순간이야.'라고 되뇌었다. 하루 대부분이 불행으로 점철되어 있었지만 아빠의 당부 덕분에 몇몇 순간들을 행복으로 건져 올릴 수 있었다.

취업 준비가 길어지다 보니 나보다 늦게 취업 준비를 시작한 동생이 먼저 인턴에 합격하는 경사가 있었다. 명절 즈음이라 친척들이 모두 모인 자리에서 소식을 듣게 되었고, 다들 갑작스레 그날의 주인공이 된 동생을 축하해 주었다. 나도 정말 기뻤다. 둘 중에 한 명만 잘되어야 한다면 망설이지 않고 동생의 이름부터 댈 수 있을 만큼 동생을 사랑하는 나였으니 당연한 일이었다. 그때였다. 아빠가 사람들 몰래 나를 마당으로 불렀다. 급하게 신발을 꿰어 신고 나가니, 아직도 시끌벅적한 축하의 소리가 흘러나오는 집안을 등지고 아빠가 조심스러운 표정으로 말했다. 혹시라도 동생이 먼저 취직이 됐다고 속상해하지 말라고, 아빠는 네가 길을 찾을 때까지 언제나 너를 응원할 것이며 어떻게든 먹여 살릴 수 있다고. 조급해하지 말고 너는 너의 행복을 찾아서 살면 된다고.

당시 나는 속상하긴커녕 좋은 회사에 인턴으로 합격한 동생이 자랑스럽기만 했으므로 그의 말에 크게 감동하지는 않았다. 되레 나를 동생이 잘된 일에 배나 아파하는 속 좁은 언니로 여기는 거 같아 조금 짜증이 났던 것도 같다. 하지만 너무 넘치는 나머지 조금 촌스럽게까지 느껴지는 그의 진심만큼은 느낄 수 있었다. 다들 박수치고 행복을 나누는 자리에서 나만 홀로 불청객처럼 느껴질까 걱정했을 테지. 남들은 동생의 얼굴을 보면서 축하해 줄 때 큰딸 얼굴만 흘낏거리며 언제 재를 밖으로 불러낼지 적절한 타이밍을 쟀을 거다. 바보 같은 아빠. 나를 몰라도 한참은 모르는 아빠.

회사를 퇴직하기 전 그는 7일 중 6일을 출근하는 사람이었다. 일요일 딱 하루를 쉬었고, 나머지 6일도 밤 8시는 돼야 겨우 퇴근했다. 버는 돈은 한정되어 있는데 아빠도 엄마도 형제가 많아 여기저기 도와줄 일이 많았다. 버거웠을 텐데도 많이 베풀어야 나중에 우리 딸들이 다 돌려받는 거라고 말하면서 누구 하나 내치는 법이 없었다.

회사를 퇴직한 후에도 쉬지 않고 곧장 가게를 차렸다. 회사 다닐 땐 일주일에 6일을 일하더니, 가게를 차리고 난 이후에는 일주일에 7일을 일한다. 매일 파스를 바르고 끙끙 앓다가 잠든다. 앓는 소리가 듣기 싫어서 일 좀 대충 하라고 잔소리를 하면, 그래도 이 나이에 여전히 돈 벌 수 있는 사실이 감사한 거라는 뻔한 말로 나의 입을 닫게 한다. 가족 여행은 늘 엄마, 나, 동생 셋이서만 간다. 아빠는 가게 문을 하루라도 닫으면 세상이 무너지는 줄 알기 때문이다. 나한테는 절대로 일을 1순위로 여기지 말라고 말하는 사람이 정작 자기 삶은 한 번도 테두리 밖으로 나간 적 없이 직장을, 가게를 구심점 삼아 맴돌고 있다.

나도 어쩌다 인턴 기자 전형에 합격해서 짧게 기자 일을 했던 적이 있다. 매일 아침 사수에게 기사 아이템을 세 개씩 보고해야 했는데, 내 머리는 물론 지인들의 아이디어까지 총동원해도 일주일이 넘어가니 도저히 새로운 기사 아이템을 짜낼 수가 없었다. 그 와중에 기껏 찾아간 취재원은 나를 문전박대 했다. 내일 아침 보고에 대한 막막함과 오늘도 성과 없이 빈털터리라는 슬픔으로 길거리에서 펑펑 울던 밤이었다. 길거리에서 우는 드라마 속 인물을 볼 때마다 아무리 절망스럽다 한들 밖에서 저렇게 주책을 떠는 사람이 있을까? 하고 생각했는데, 내가 그 꼴이었다. 눈물이 잔뜩 묻은 목소리로 아빠에게 전화를 걸었다.

"아빠 돈 버는 게 이런 일이었어? 아빠는 대체 이걸 몇십 년 동안 어떻게 했어?"

전화를 받은 아빠는 대뜸 눈물부터 터뜨리는 나를 달래주며 말했다. "욕심쟁이 우리 가연이 사달라는 거 다 사주고 싶었는데 돈 열심히 벌어야지, 어쩌겠노. 아빠는 가족들 덕분에 힘든 줄도 모르고 일했다." 자신의 젊음을 가족에게 온전히 양보하는 동안 당신은 행복했냐고 물을 수 없었다. 아빠도 때론 무작정 쉬고만 싶었을 거라는 걸 아니까.

토요일 밤, 6일을 일하고 퇴근한 그는 들뜬 얼굴로 말하곤 했다. "가연아, 아빠는 내일 쉰다는 생각에 너무 신나서 잠이 안 와. 쉬는 날에는 잠이 늘어도 설레서 새벽 4시면 깨." 이런 사람이 일은 대체 왜 저렇게 열심히 하는지 어린 시절에는 도통 이해할 수 없었지만, 이제는 조금 알 것도 같다. 덕분에 어린 내가 별 탈 없이 이렇게 자랄 수 있었으니까.

꾸준히 글을 쓰고 가끔은 책을 만드는 딸에게 그가 말한다. 너는 어릴 때부터 읽고 쓰는 일을 참 좋아하지 않았냐고. 네가 좋아하는 일을 할 수 있으면 그게 행복한 삶이라고. 이렇게 살아도 되는 건지 잘 모르겠다고 어정쩡한 목소리로 우물쭈물할 때면 62년생 부산 사나이는 확신에 찬 목소리로 말한다. "가연아 사는 거 별거 읍따. 아빠가 이만큼 살아보니 알겠더라. 행복하게 사는 게 가장 올바른 방식으로 사는 기다." 아직도 인생이 무엇인지 잘 알 수가 없는 90년생은 아빠가 말한다면 그게 맞겠지 싶어 잡념은 훌훌 털어내고 무작정 그 말을 붙잡아 걷는다.

아빠가 힘껏 밀어내 준 덕분에, 나는 그 힘을 추진력 삼아 궤도 밖으로 나와서 세상을 유영하고 있다. 그가 한 번도 가보지 않은 우주를 걷고 있다. 가끔은 그의 희생을 잊고, 아빠는 아무것도 모른다고 짜증도 낸다. 나는 확실히 아빠와 다른 사람이 되었다.

언제부턴가 스스로에게 묻게 되었다. 가연아 그래서 지금 행복해?

행복은 너무나 복잡다단하다. 어느 날엔 햇살 좋은 날 한강에 돗자리 깔고 누워 있는 게 행복 같지만 돌아서고 나면 이것으로는 조금 부족하다고 느껴진다. 자신 있게 '행복하다'는 말이 나오지 않을 때는 어디서부터 잘못됐는지 차근차근 되짚어 나간다. 다시 목표를 재설정한다. 우선순위는 오로지 나의 행복이다.

요즘 나는 '내가 원하는 것을 하고 있다고 느낄 때' 행복하다. 남의 욕망이나 그럴듯해 보이는 이미지를 뒤로 제치고 내가 원하는 것, 좇는 가치를 위해 시간을 쓰고 고통도 인내할 때 행복하다. 글을 쓰는 일도 마찬가지다. 대단한 재능도 없어 끙끙거릴뿐더러, 스스로의 부족함을 마주하는 순간들로 인해 자주 괴로워지지만 어쨌든 그 아픔까지도 사랑한다. 다른 고통은 마주할 자신이 별로 없어도 이 고통은 정직하게 마주한다. 하고 싶은 일이며, 언젠가는 나아지리라 믿기 때문이다.

아마 죽기 전까지 내 인생의 행복이 무엇인지 단 한마디로 압축해서 대답하긴 어려울 것이다. 어제는 분명 이게 행복이었는데, 오늘 나는 그것 때문에 불행하기도 하니까. 그러나 중요한 건 인생살이의 별의별 순간에도 행복에 대한 고민을 놓지 않는 것 아닐까. 길을 걷다 붕어빵을 발견할 때 이것이 행복임을 상기해 보는 것처럼.

가끔은 용기를 내서 입안에서만 맴돌던 그 말을 아빠에게 꺼내고 싶다. 매일 나의 행복을 물어온 지난 세월 동안 당신은 행복했냐고. 혹시라도 아직 당신 자신만을 위한 행복이 무엇인지 모르겠다면 궤도 밖으로 나가보지 않겠냐고. 당신 덕분에 경험할 수 있었던 나의 세상이 이토록 아름다웠으니, 아빠의 세상 역시 그럴 거라고.

조용히 문을 닫는 것도 고백이었다*

"사랑의 행위는 언제나 고백이다, 라고 카뮈는 썼다. 조용히 문을 닫는 것도 고백이었다. 한밤중에 터뜨리는 울음과, 계단에서 넘어지는 것, 거실에서의 기침도 마찬가지였다."*

'조용히 문을 닫는 것도 고백이었다.' 2년 전쯤 읽은 소설의 한 문장을, 조용히 문을 닫는 것 역시 고백이라고 말하는 그 마음을, 나는 지금까지도 곱

* 니콜 크라우스의 《위대한 집》(문학동네, 2020)에서

씹고 또 곱씹으며 골똘해진다.

나는 질 좋은 수면과는 거리가 먼 삶을 살고 있다. 질 좋은 수면을 차치하더라도 수면 자체와 거리가 멀다. 불면에 딱히 뚜렷한 계기나 원인이 있었던 것은 아니다. 기억나지 않는 어린 시절부터 그랬었다. 겨우 잠이 들었나 싶다가도 금세 '엥-' 하고 울음을 터뜨렸단다. 엄마와 아빠는 너처럼 잠을 자지 않는 아기는 어디서도 들어본 적이 없다고 지금까지 고개를 절레절레 젓는다.

잠이 없던 아기는 불행히 성인이 된 후에도 달라지지 않았다. 30대가 된 지금도 잠드는 데 꽤 긴 시간이 걸리고, 워낙 귀가 밝은 탓에 조그만 기척에도 잠을 깨곤 한다. 웬만하면 다른 사람과 한 침대에서 잘 수 없는데, 그중에서도 코 고는 사람이 곁에 있는 날이면 일찌감치 잠드는 일을 포기하고 새벽 내내 핸드폰이나 만지작거린다. 친구들과 같이 여행을 가게 되면 가장 먼저 챙기는 게 귀마개다.

불면이 특히 심해졌던 것은 2년 정도 취업 준비를 하며 하루의 시작과 끝이 선명하지 않던 나날을 보낼 때였다. 출근이나 등교 같은 사회적 약속이 없으니 원할 때 눈을 뜨고, 원할 때 눈을 감으면 됐는데, 이런 자유가 속박처럼 느껴지기도 했다. 아침이면 갈 곳이 없었고, 저녁에는 오늘 하루 고생했다고 인사를 주고받을 사람이 없었다. 누구도 나를 기다려주지 않는 것 같다는 생각에 자꾸만 고립감이 짙어졌다. 따뜻한 물로 샤워를 하고, 방의 조도를 낮추고, 숙면에 좋은 환경을 만들어 봤자 잠이 들지 않았다. 이불을 덮고 한숨을 푹푹 내쉬다 보면 창밖으로 해가 떠올랐다.

운명을 받아들이자. 그렇게도 생각해봤다. 각자의 인생에 할당된 수면의 총량도 있겠거니, 때가 되면 잠이 들겠거니. 조용히 그 '때'를 기다렸다. 세상에는 노력으로 되지 않는 일도 있으니까. 어쩌면 나는 '잠'에 재능이 없는지도 모른다고.

그러나 운명을 받아들인다고 해도 온 세상이 깊이 잠든 시간, 홀로 새벽을 견디는 일이 고독하고 지루하다는 사실은 변함이 없었다. 밤 9시면 잘 준비를 하고, 침대에 눕자마자 코를 고는 동생이 겨울잠 자는 곰 같으면서 부러웠다. 잠. 그놈의 잠이 대체 뭐길래 부럽다가, 한심했다가, 짜증이 났다가, 외로워지기까지 하는 걸까.

외로운 시간을 버틸 수 있었던 건, 나의 시들어가는 새벽을 알아채고 각자의 방식대로 걱정해준 사람들 덕분이었다. 버튼을 누르면 차례대로 빗소리, 파도 소리가 들리는 ASMR 스피커를 선물한 친구가 있었고, 잠을 청하는 데 좋은 영양제를 손에 쥐어 주던 동생도 있었다. 새벽까지 멍하니 천장만 바라볼 때도 있다는 이야기를 스쳐 지나가듯 한 다음 날에는 '아직도 잠이 오지 않으면 전화해.'라고 새벽 3시에 메시지를 남긴 친구도 있었다.

아마 그들도 내게 묻고 싶은 말이 많았을 테지.

밤새 무슨 생각을 하는지, 무엇 때문에 괴로운 건지, 계획은 있는지. 그러나 질문 대신, 한참을 빙 돌아 조심히 도착한 그들의 사려 깊은 염려가 그 시절의 나를 살게 했던 게 아닐까. 이제야 그런 생각을 한다.

어쩌면 그래서 '조용히 문을 닫는 것도 고백이었다.'는 문장을 지금까지 쥐고 있는지도 모른다. 소설과 관계없이 나는 이 문장을 뚝 떼어 와서 어떤 마음을 떠올려본다. 방 안에서 어렵게 잠들었을 이를 위해 아주 조심스럽게 문을 닫는 마음을, 그가 긴 새벽 내내 아무 꿈도 꾸지 않고 편하게 쉬기를 바라는 그 마음을. 그 마음은 사랑이라는 두 글자에 꼭 맞게 담길 것이다.

가끔은 반대의 시점을 떠올리기도 한다. 사실은 아직 잠들지 않았지만, 잠든 척하며 조용히 문을 닫고 나가는 사람의 뒷모습을 바라보는 이의 시점 말이다. 아마도 그 사람은 침대에서 숨죽인 채, 상대의 그 모든 조심스러운 기척에서 사랑을 느끼고 있겠지. 쉽게 감기지 않는 눈으로 쓸쓸한 새벽을 맞이하곤 하는 나는 아마도 후자에 가까운 사람일 테고.

고독하고 지루한 새벽에 자주 갇히는 사람은 안다. 기나긴 새벽, 상대의 편안한 휴식을 바라며 조용히 문을 닫는 일보다 더 큰 고백은 없다는 것을.

새벽녘, 아로마 스프레이와 ASMR 스피커, 안대, 폭신한 인형. 걱정하는 이들의 마음에 둘러싸여 떠올린다. 누군가 잠든 방문을 조용히 닫는 사람의 마음을. 침대에 가만히 누워 상대의 그 모든 조심스러운 기척에서 사랑을 찾아내는 마음도.

외로운 할머니는 되지 않을래

작년 가을, 인생에서 꽤 큰 결정을 내렸다. 반년에 걸쳐 고민한 일이었다. 고민의 시기가 길었던 만큼 주위 사람들에게 과정을 공유했을 법도 한데 그러지 않았다. 친구 진선이와 커피를 마시며 근황을 나누고 있을 때였다. 얼마 전 결정을 내렸다며 통보하듯 무심한 말투로 그 일에 대해 툭 털어놓는데, 진선이가 말했다.

"이제 가연이는 고민의 과정을 공유하는 게 아니라 결과만을 말하는 것 같네."

서운함을 담은 어조는 아니었고, 몇 년 새 훅 바

뀐 나를 실감한다는 듯한 투였다. "그러게. 정말 그렇네." 나 역시 남의 일을 얘기하는 것처럼 함께 고개를 끄덕였다. 그렇게 오랫동안 고민해 왔는지 전혀 몰랐다고 말하는 진선이에게 "당연하지. 내가 말 안 했으니까."라고 웃으면서 대답했지만, 그 말을 하면서 불현듯 좀 쓸쓸하다는 생각이 들었다. 그 가을, 나는 좀 이상한 곳에 도착해 있었다.

어릴 때부터 너무 많이 울고 너무 많이 웃었던 나는 감정의 진폭도, 타인에게 향하는 언어의 총량도 적은 사람이 되고 싶었다. 감정에 이리저리 휘둘리다 보면 해야 할 일도 마무리하지 못한 채 제쳐두기 일쑤였다. 감정이 풍부한 정도와 자제력 간에 어떠한 상관관계가 있는지는 모르지만, 적어도 내가 10대와 20대였을 때, 그것들은 정확히 반비례 곡선을 이루었다. 많이 울고 많이 웃는 날일수록 일상에는 구멍이 듬성듬성 났다.

특히 20대의 나는 언제나 좀 지질했고, 내 몫으

로 할당된 슬픔과 고통도 어떻게든 나누어야 살 수 있었다. 눈물이 나는 날이면 전화기를 들어 나를 좀 도와달라며 구조 요청을 했고, 결정을 앞둔 일이 있으면 가까운 사람들 한 명 한 명에게 의견을 구했으며 내 모든 감정의 흐름을 실시간으로 중계했다. 그 시절 내가 내린 결정들은 아주 사소한 것마저 내 결정이 아니라 내 주변인들 의견의 총합이었다.

하지만 더이상 그렇게 나이 먹고 싶지는 않았다. 주위에 기대지 않고는 살 수 없는 나. 그건 내가 꿈꾸는 어른의 모습은 아니었다. 외로워도 괜찮으니 인생이 내게 던져두고 간 것들을 스스로 감당해내고 싶었다. 20대 후반에서 30대로 넘어오는 지난 몇 년 동안 꿈꾸던 어른이 되기 위해 많이 노력했다.

나만이 아니었다. 친구들 역시 다들 비슷한 모양새로 나이 먹어 가고 있었다. 함께 모여 앉아 제법 심오한 인생철학을 나누면서도 서로의 아주 약한 내면을 꺼내 보이는 날은 몇 없었다. 누구 하나 바쁘지 않은 사람 없는 이 세상에서 서로의 짐이 되고 싶지 않아서, 지질한 모습 보이고 싶지 않아서, 혹은 그 모든 이야기가 시간 낭비 같아서 자꾸만 입을 다물게 되었다.

인생에서 겪는 크고 작은 고민과 그에 수반하는 사소한 감정들쯤이야 알아서 소화할 수 있기를 그토록 꿈꿔왔는데, 그렇다면 작년 가을이야말로 꿈꾸던 어른의 모습에 가까워졌다고 확인하게 된 시점이었다.

그러나 막상 '어른의 지점'이라고 여겼던 곳에 도착하고 나니 여러 가지로 심란했다. 이게 정말 어른인가 싶어서 황망한 마음으로 주위를 두리번거렸다. 어른이라면 적어도 예전의 나보다는 나아야 할 텐데, 자신 있게 그렇다고 말할 수가 없었다. 감정을 표현하는 법보다 숨기는 쪽에 능하게 된 것을 자랑스러워할 바에야 차라리 마음껏 데굴데굴

굴러다니면서 많이도 다치던 나, 그리고 그걸 부끄럽게 여기지 않던 그 가을 이전의 내가 훨씬 더 마음에 들었기 때문이다.

내가 멋진 어른이라고 여겨왔던 이들 모두, 사실은 혼자서 조금씩 쓸쓸해 왔던 걸까. 그런 스스로를 어른답다고 생각했을까. 그러다 나처럼 목덜미 어딘가가 서늘해져서 자신을 돌아보던 날도 있었을까.

그 가을의 깨달음 이후, 나는 나와 내 친구들이 씩씩해질 때마다 걱정이 된다. 예전에 비하면 꽤 자기 앞가림을 잘하게 된 우리가 진짜로 씩씩해지고 있는 건지, 아니면 말하는 방법을 까먹은 어른처럼 웃음 뒤로 혼자 쓸쓸히 하루를 마무리하고 있는 건 아닌지. 그래서 가끔은 뜬금없이 친구들을 붙잡아 세워두기도 한다. “무슨 일 있으면 꼭 말해야 해. 나 시간 많은 거 알지? 다 들어줄 수 있으니까 꼭 말해. 숨기고 싶으면 숨겨도 되는데, 아니 웬만하면 숨기고 싶어도 숨기지 말고 말해. 알겠지?" 벌써부터 인생의 무게를 혼자서 다 감당하려 들다가는 서로가 간절히 필요한 순간이 왔을 때 구조 요청하는 방법을 까먹지 않을까. 아무 말도 못 하게 되면 어떡하지. 젊은 날부터 너무 꿋꿋하게 살면 나중에 외로운 할머니가 될지도 모르잖아. 내가 잔뜩 진지한 표정으로 이런 말을 할 때마다 친구들은 아무 일도 없다고 대답하며, '너 또 어디에 꽂혀서 이상한 말을 하는 거냐'며 크게 웃는다. 그런 친구들의 얼굴을 볼 때 잠깐 안심이 된다.

돌이켜 보면 그때 그 시절, 정말로 이 사람들이 나의 고민을 몽땅 해결해 줄 거라 믿었던 것 같지는 않다. 다만 아주 조그마한 마음도 누군가와 나누면서 아낌없이 솔직해질 수 있었고, 가까운 이에게 내 상처를 드러내면서도 작아지지 않는 방법을 배웠다. 그리고 나에게 품을 내어준 누군가를 잊지 않고 똑같이 껴안아 주는 일 역시 이들과 함께 배운 것이었다.

나는 이제 어른이라는 지점에 잘못 도착한 것이 아니라 아직도 어른이라는 종착지에 도착하기 위해 한참은 더 갈 곳이 남아 있다고 생각하기로 했다. 애초에 잘못된 지도를 집어 들었다면, 다시금 신발 끈 꽉 묶고 새롭게 방향을 찾아가면 된다. 인생은 길고, 어른은 멀다.

이제 나는 덜 웃고 덜 우는 멋진 어른이 아니라, 꺼내고 드러내고 이야기하고 나누는 노인으로 늙고 싶다. 조금 주책맞고 말이 많아 실수도 종종 하는 할머니가 되겠지만, 방문 꼭꼭 걸어 잠그고 혼자 몰래 우는 할머니보다야 그쪽이 나을 것 같다.

강인한 외로움보다는 나약한 솔직함을 간직한 채 살아가고 싶다. 그리고 그런 내 옆에 내 친구들 역시 수다스러운 할머니가 되어 있었으면 좋겠다.

성격이 곧 운명이야*

"성격이 곧 운명이야."

박상영 작가의 소설 《보름 이후의 사랑》(Axt 38호, 2021)에서 친구 한영이 말한다. 성격이 곧 운명이라고. 이후 셰익스피어의 말이라는 것을 알게 된 찬호가 "그 아저씨는 별 점쟁이 같은 말을 다 했대."라고 핀잔을 주자, 다시 한영이 대답한다. "진리가 원래 그런 거 아닐까? 더러는 점 같고, 미신 같고 (중략)"

* 박상영,《보름 이후의 사랑》(Axt 38호, 2021)에서

흔히 그리스 비극을 '운명 비극'이라고 말한다. 그리스 비극의 대표적인 작품인 《오이디푸스 왕》에서 오이디푸스는 아버지를 죽이고 어머니와 동침한다는 신탁을 피하려 온갖 노력을 다하지만, 끝끝내 신탁대로 비참한 결말을 맞이한다. 이미 정해진 운명으로 인물의 삶이 결정되는 그리스 비극에서 인물은 어떤 방법을 쓰더라도 예정된 비극을 벗어날 수 없다. 그리스 비극을 읽을 때면 아무리 애를 써봤자 결국 파국에 이르고야 마는 인간이란 존재에 대한 가여움(운명을 바꿀 생각 따위는 포기하고 잠이나 잤으면 덜 불쌍했을 텐데), 운명이라는 거대한 벽 앞에서의 무력함에 대해서 생각해 보게 된다.

그에 반해 셰익스피어의 작품은 '성격 비극'이라고 이야기된다. 셰익스피어의 작품 속에서 인물의 삶을 결정하는 것은 인물의 성격이다. 등장인물들은 자신의 성격적 결함 때문에 비극을 맞닥뜨린다. 성격이 곧 운명이 되는 것이다. 내가 가장 좋아하는 작품은 《리어왕》이다. 사람이 정신적, 육체적으로 어디까지 비참해질 수 있는지를 낱낱이 보여주기 때문이다. 읽고 나면 공포 영화라도 본 것처럼 등골이 오싹해진다. 아첨만 하는 첫째 딸과 둘째 딸에게 왕국을 나누어 준 리어왕은 유일하게 자신을 진심으로 사랑하는 막내딸 코델리어를 쫓아낸다. 이후, 두 딸에게 버림받고 눈을 잃고 거지꼴로 살던 리어왕은 코델리어와 겨우 재회하지만, 끝내 코델리어마저 잃고 쓸쓸하게 죽는다.

리어왕을 이토록 참담하게 만든 것은 누가 뭐래도, 오만하고 욕심이 많아 눈앞에 있는 사람의 진심도 헤아릴 줄 모르는 리어왕의 성격이다. 스스로 자신의 운명을 고통 속으로 몰아넣는다.

미국의 문학 비평가 헤럴드 블룸은 셰익스피어가 인간성을 창조했다고 평했다. 셰익스피어의 세계 속 인물들이 각자의 성격대로 비극이든, 희극이든 운명을 만들어나갔다고 생각하면 단번에 이해가 되는 말이다. '성격 운명'의 세계관에는 정해진 운명 따위는 없으니, 자신의 의지대로 뻗어나갈 여러 갈래의 이야기들이 있다.

같은 비극이라면 이미 정해진 대로 파멸하는 그리스 비극보다는 내 인간성 때문에 몽땅 망해버리고야 마는 셰익스피어의 비극 쪽이 마음에 든다. 전자는 평생을 옴짝달싹도 하지 않는다면 후자는 하루에 1mm씩이라도 변화시킬 수 있다는 거니까. 아주 크게 바꿀 순 없더라도 '가능성'의 여지라도 주는 쪽이 낫다. '백가연은 아무짝에도 쓸모없는 인간이 되어 평생 골골대다가 비참한 종말을 맞이할 것이다'라는 운명이 정해져 있다면 대체 내가 왜 매일 운동을 하고, 책을 읽고, 글을 쓰면서 살겠니. 그런 의미에서 나 역시 성격이 운명을 만든다고 생각한다, 아니 그렇다고 믿는다.

요즘의 나는 성실한 사람들이야말로 운명의 멱살이라도 잡아서 자신이 원하는 방향으로 끌고 갈 것 같다고 생각한다. 성실은 내가 가장 자신 없는 일이기도 했지만 나 같은 사람도 나이를 먹으니 예전에 비해서는 제법 성실해졌다고 자평할 수 있게 되었다. 아침 7시에 일어나서 매일 같이 산책을 하고, 퇴근 후에는 꾸준히 원고를 쓰고 있다. 회사에서 가끔 업무 실수를 하긴 하지만 정해진 마감일을 못 맞춘 적은 없다.

확실히 성실은 사회적으로 추앙받는 가치이다. 반면 용감하고 씩씩한 것은 이 사회에서 호의적으로 받아들여지지는 않는 것 같다. 사회는 용감하고 씩씩한 사람들에게 조금 더 고개를 숙이라고, 눈에 띄지 않게 얌전한 옷을 입으라고, 개인보다는 집단의 가치를 위해 움직이라고 한다. 차라리 겁쟁이가 되는 편이 두루 예쁨 받으며 스트레스 없이 장수하기에 훨씬 좋은 조건인지도 모른다. 하지만 이런 사회에서 평생을 살아와 놓고도 끝끝내 기개를 가지고 살아가는 사람들도 있다.

동성 결혼이 법제화되어 있지 않은 대한민국에

서 레즈비언으로 살아가며 동성 결혼한 이야기를 쓴 《언니, 나랑 결혼할래요?》(위즈덤하우스, 2020)의 저자 김규진 씨도 그런 사람이다. 그는 이 책을 통해서 자칭 '보수적인' 레즈비언으로 살며 회사에서 결혼 휴가를 얻어낸 이야기, 뉴욕에서 혼인 신고를 하는 방법, 사람들을 너무 많이 놀라게 하지 않고 커밍아웃하는 방법까지 아주 상세하게 설명한다. 공공연하게 공유되는 이야기가 아니기에 꼼꼼하게 기록을 남겨 놓으면 누군가에게는 도움이 될 거라고 생각했단다. 딸이 공영 방송국과 동성 결혼과 관련된 주제로 인터뷰를 잡았다는 소식에 매번 딸의 편이 되어주던 아버지마저 화를 내며 묻는다. 대체 왜 이렇게까지 하는 거냐고. 김규진 씨는 대답한다. 나 좋고 행복하게 살기 위해서 그런다고.

'자신의 행복을 위해서'라는 그의 대답이 그 어떤 거창한 대의보다 가슴에 와닿았다. 이런 사람들이야말로 어느 날 인생이 내가 원치 않는 방향으로 뒤틀릴 낌새가 보이면, 그대로 뛰쳐나가 운명과 멋지게 한 판 하지 않을까? 가끔은 이기지 못할 때도 있겠지만 지지는 않겠지. 적어도 비기기는 할 것 같다.

하루하루 성실하게 살아가고 있는 요즘의 나에게는 용감하게 살아가는 일이 좀 어렵게 느껴진다. 어쩌면 성실한 것보다 용감하게 사는 것이 더 중요하지 않을까 하는 생각이 드는 때도 있다. 하지만 성실과 용감이 대치되는 개념은 아닐 것이다. 사실 두 개념은 상호 도움을 주고받는 형태로 연결되어 있을지도 모른다. 주어진 매일을 하루도 허투루 넘기지 않고 꼼꼼하게 살다 보면, 나에 대한 믿음이 커지고 커져서 곧 어떤 것이든 용감하게 대할 수 있지 않을까. '나는 필라테스를 6년 동안 그만두지 않고 한 사람이니, 영어 공부도 매일 아침마다 할 수 있어!' 같은 거 말이다.

성격이 곧 운명이라는 말에는 여백이 있다. 세익

스피어 아저씨가 등장해 꽤 엄격한 목소리로 "아무것도 정해진 것은 없다. 단지 네가 오늘을 어떻게 살아가느냐에 따라 내일이 결정된다." 말하는 것 같다. 성실하지만 조금 덜 용감한 나는, 매일의 성실을 통해서 좀 더 용감한 사람이 되고 싶다. 김규진 씨도 처음부터 용감한 건 아니었을 것이다. 자신의 행복과 기쁨을 위해 어쩔 수 없이 용기를 쥐어짜야 했던 순간도 있었을 것이다. 그렇게 용기를 내는 일을 반복하다가 '사랑하는 여자와의 행복한 결혼 생활을 영위하는' 지금의 운명을 기어코 만들어냈을 것이다. 애초에 가지고 태어난 게 아니라면 나의 운명은 내가 만들어 가면 되지 않을까. 나는 그리스 비극보다는 셰익스피어 쪽의 비극이 더 좋은 사람이니까. 여백이 두렵기보다는 궁금한 사람이니까.

울퉁불퉁한 사랑

30대가 되니 친구들 사이의 대화에서 연애가 차지하는 비중이 많이 줄었다. 얼마 전까지만 해도 모였다 하면 우리 대화의 8할은 상대의 마음을 얻지 못해 눈물 흘렸다거나 연인과의 대화가 얼마나 달콤했는지 등의 이야기가 차지했다.

하지만 우리는 이제 누군가 가슴 설레는 이야기를 해도 예전만큼 큰 관심을 보이지 않는다. 심지어 이별에도 그렇다. 예전엔 같이 손 붙잡고 울기도 했는데, 이제는 눈물 흘리는 친구 앞에서도 어떤 위로를 건네기보다는 '네가 어련히 알아서 잘하겠지.' 싶어 조용히 어깨만 토닥일 뿐이다.

다들 취직하면서 먹고 사는 일에 관심이 쏠리다 보니 기승전결이 비슷하게 반복될 연애 이야기보다는, 차라리 새로 시작한 운동이나 이번에 들인 화초 같은 주제들이 더 흥미롭기 때문이리라.

나는 연애 임시 휴업 중이다. 평생에 할당된 사랑을 20대 때 다 소진한 것은 아닐까 가끔 걱정될 정도다. 나는 누군가를 연애 감정으로 사랑할 때 더욱 용감해지고 유독 구질구질해지는 편인데, 그런 내가 싫다가도 이상하게 가끔은 멋지다고 생각했다. 20대 때는 그런—구질구질함과 멋짐 사이의—복잡하고 이상한 기분을 왔다 갔다 하면서 시간을 다 보냈다. 하지만 당분간은 이런 종류의 기분을 맞닥뜨리고 싶지 않다. 구질구질하면서도 용감하고, 이상하면서도 멋진 내가 되려면 열정이 필요하고, 그런 열정을 충전할 시간이 필요하니까.

얼마 전에는 이런 내 상태에 대해 털어놓았더니, 친구 M은 지금 네가 정서적으로 튼튼하고 부족한

게 없어서 아무에게도 관심을 안 가지는 것 같다고 말했다. 오랜 시간 가깝게 지내온 M의 말이라서 어느 정도 고개가 끄덕여졌다. 확실히 그 어느 때보다 요즘의 내가 정서적으로 안정적이긴 하니까. 감정이 널뛰기하듯 오르락내리락하던 시기를 지나고, 조금은 나를 다스릴 줄도 알게 되었다. 이런 내가 되기까지 지나온 시간을 생각하면 지금의 모습이 꽤 만족스럽다.

연애를 하지 않는 나는 연애를 하던 때의 나보다 덜 용감하고, 덜 구질구질하다. 예전보다 나 자신을 돌보는 데 더 많은 시간과 에너지를 쓰게 됐다. 그러나 M의 말처럼 내 안에 결여가 사라진 건 아니다. 여기저기 모난 데가 하루하루 깎여 다듬어졌을 뿐, 나는 어디까지나 나일 뿐이니까. 영원히 채울 수 없는 결여가 있다는 게 슬픔으로 다가올 때 신형철의 글을 읽는다.

'나는 당신으로 채워지는 것이 아니라 당신 속에서 온전해진다. 결여는 여전히 있되 그 결여가 더는 고통이 되지 않는, 온전한 사람. 내가 사랑하는 당신은, 나를 그런 사람이 되게 한다.'*

사실 결여가 없는 사람은 절대로 존재하지 않는다. (설령 존재한들 그 사람은 결핍이 없는 게 결핍이 될 테지.) 우리는 결여를 채우기 위해 사랑을 하는 게 아니라, 나의 결여를 한 사람에게만큼은 온전히 드러내기 위해 그놈의 귀찮고 번거롭고 지긋지긋한 사랑을 하는 것일지도 모른다. 내가 가진 결여의 생김새대로 살아가기 위해서. 그렇게 각자 타고난 모양새대로 행복하기 위해서.

내 결여의 생김새대로 살아갈 수 있게 해 준다는 것이 누군가를 사랑하는 시작점이 될 수 있을까?

---

* 신형철, 《슬픔을 공부하는 슬픔》(한겨레 출판, 2018)에서

그럴 수도 있고, 그렇지 않을 수도 있을 것이다. 관계 속에서 온전해지는 나를 발견하며 불현듯 사랑에 빠지는 사람이 있는가 하면, 자신도 모르게 활짝 열어 젖혀진 마음의 빗장을 발견하고 소스라치게 놀라 모든 기적의 순간으로부터 멀리 도망가는 사람도 있을 테니까.

그러나 그 둘이 이런저런 시간을 지나, 결국 연애라는 약속된 관계 안으로 들어가게 된다면 '결여는 여전히 있되 그 결여가 더는 고통이 되지 않는' 형태야말로 가장 건강하고 행복한 사랑의 모습이 아닐까. 적어도 나는 그렇게 믿고 있다.

나 역시 내 결여의 생김새대로 살아갈 수 있게 하는 누군가와 귀찮고 번거롭고 지긋지긋한 그놈의 사랑을 할 날이 다시 오겠지. 매끄럽지만은 않은, 울퉁불퉁한 사랑. 그래서 더 아름다운 그런 사랑을 말이다.

초원을 달리는 아프리카 사자처럼

나는 30분 동안 쉬지 않고 달릴 수 있다. 이게 너무 자랑스러워서 마음 같아서는 만나는 사람마다 "안녕하세요. 저는 30분 내내 쉬지 않고 달릴 수 있는 사람입니다." 하고 자기소개를 하고 싶은 지경이다.

2019년도부터 뛰기 시작했고, 본격적으로 뛴 건 2021년도부터다. 미친 듯이 더웠던 여름에도 한강변을 쉬지 않고 뛰어다녔다. 숨이 목 끝까지 넘어올 만큼 달리며 '이거만 끝나면 다신 안 뛴다.' 이를 갈았다. 그러다가도 집에 돌아와 지친 몸을 씻

어내고 침대에 누우면 힘들었던 건 하나도 기억이 안 났다. 대신 땀이 흐를 때의 짜릿함, 소소한 성취감, 온몸으로 느껴지는 살아있다는 감각만이 남았다. 그렇게 매번 고통을 깜빡한 채 달리러 나가고, 달리다 또 후회하고, 달리고 나면 까먹고를 반복하다 보니 30분 동안 달릴 수 있는 사람이 됐다.

달리기의 가장 좋은 점은 내 안에 있는 모든 생각들이 일시적으로 멈춘다는 것이다. 득도의 경지에 오른 것은 아니고, 숨이 모자라 헉헉거리면서 달리다 보면 그 어떤 생각도 할 수 없기 때문이다. 온종일 머릿속으로 이런저런 공상과 계획을 이어가는 나에게 달리는 일은 곧 휴식이 되었다. 몸이 고될수록 정신은 자유로워졌다.

목표한 만큼 달리고 나면 멈춰 서서 숨을 몰아쉰다. 그때 맥락도 없이 갑작스레 떠오르는 생각들이 있다. 나는 그게 마음 한구석 어디 깊은 곳에 숨어 있던 '진짜' 나의 생각이 아닐까 한다. 그 어떤 잡음도 없을 때 비로소 수면 밖으로 나올 수 있는 진짜 생각들. 그 순간을 마주하는 일이 못 견디게 좋아서 계속 뛰고 있다.

원래부터 달리기를 좋아한 건 아니었다. 초등학생 때는 학교에서 수요일 오후마다 '합체' 시간이라는 게 있었다. 합체는 합동 체육의 준말로 한 학년의 모든 학생이 운동장에 모여 체육 수업을 받는 것이었다. 지독한 운동치이자 100m 달리기는커녕, 100m 걷기도 싫어하던 내게는 일주일 중 최악의 시간이었다. 대체 왜! 다 같이 체육 수업을 받아야 하는지, 대체 왜! 모였다 하면 반대항 이어달리기 시합을 하려 안달인 건지 이해할 수 없었다.

운동 자체에도 재능이 없었지만, 단시간 안에 폭발적인 에너지와 순발력이 필요한 단거리 달리기는 더더욱 젬병이었다. 이 악물고 허우적거리다 보면 내 뒤에 남아 있는 사람이 한 명도 없었다. 내 달리기 성적이 나쁘게 매겨지는 건 전혀 상관없었다. 체육 수행 평가 점수 좀 못 받아도 국어나 사회

과목에서 메꾸면 된다고 생각했다. 한 사람이 모든 걸 다 잘할 수는 없잖아. 근육이 채 붙지 않은 다리에 힘이 풀려 운동장에서 철퍼덕 넘어지는 일까지도 괜찮았다. 어차피 걷다가도 자주 넘어졌다.

다만 내가 견딜 수 없었던 건, 내가 잘 달리지 못하는 일이 누군가에게 폐를 끼친다는 사실이었다. 아무리 앞 순서 친구들이 일 등으로 바통을 넘겨줘도, 내 순서가 되면 여덟 명 중에 4등, 5등까지 뒤처져 버렸다. 빠지고 싶어도 부상이 있지 않고서는 모든 인원이 전부 참여해야 했기 때문에 나 역시 꼼짝없이 달려야 했다. 여기서 말하는 부상은 뼈가 부러지는 정도의 일이었다. 배가 아프다고 울상 짓는 것 정도는 선생님께 전혀 통하지 않았다.

대놓고 '너 때문에 일등 놓쳤다.' 하고 원망하는 친구들은 없었지만, 도착점에 들어오는 순서에 따라 친구들의 표정이 밝아졌다 어두워지는 건 어쩔 수 없었다. 내가 할 수 있는 거라곤 내 뒤 순서 친구들이 나 대신 잘 달리길 기도하는 것뿐이었다.

어디 가서 기가 죽는 법이 없었는데, 합체 시간마다 쪼그라들었다.

나와는 다르게 선두에서 달리는 친구들을 볼 때는 티브이에서 본 초원 속 동물이 떠올랐다. 흙먼지를 일으키며 달리는 친구들의 휘날리는 머리카락은 사자의 갈기 같았다. 이마에는 땀이 송골송골 맺혀 있고, 뛰는 내내 가쁜 호흡을 내쉬면서도 눈만은 휘어지게 웃고 있었다. 죽상을 한 채 꼴찌로 들어오는 나와는 달랐다. 친구들의 몸은 자연스러워 보였다. 팔과 다리를 교차하면서 휘젓는데 저러다 하늘로 날아가진 않을까 걱정될 때도 있었다. 운동장에 쪼그려 앉아 그런 친구들의 면면을 살피면서 '사람이 자연스럽게 몸을 쓸 때는 저렇게 행복한 얼굴을 하는구나.' 하고 감탄했다.

강제로 달릴 일이 없게 된 이후로, 자발적으로 달리는 일은 당연히 없었다. 스스로 '뛸 수 있는 사람'이라는 자각조차 해 본 적이 없었다. 그런데 어쩌다 달리기에 빠져 버렸을까. 늘 하던 필라테스로는 운동량이 조금 부족하다고 느꼈고, 빠듯한 예산 안에서 운동에 돈을 더 쓸 여유는 없었다. 맨몸으로 어디서든 하기 좋은 운동이 뭐가 있나 아무리 고민해봐도, 정답은 걷기 아니면 달리기뿐이었다. 그런데 달리기? 내가?

주위 친구들 사이에서는 달리기가 이미 붐이었다. 친구 중 하나가 내게 짜인 프로그램대로 달리다 보면 30분 동안 달릴 수 있게 된다는 달리기 앱을 추천했다. 마법처럼 어느 날 짠! 하고 달릴 수 있게 해 주는 건 아니었고 1분 달리기, 3분 달리기, 5분 달리기식으로 회차마다 조금씩 달리는 시간을 늘려나가는 방식이었다.

시작할 때만 해도 대단한 목표는 없었다. 그저 뛸 수 있는 만큼만, 무리하지 않고 같은 구간을 몇 번이고 반복해 뛰었다. 프로그램 순서상, 5분 달리기로 넘어가야 하는 날도 힘들다 싶으면 이전 3분 달리기를 반복했다. 시간이 얼마나 걸리든, 언젠간

마지막에 닿겠지 싶었다. 그렇게 달리는 동안 누구에게 이기지도, 지지도 않았다. 이게 아니면 안 된다고 여긴 적도 없었고, 어릴 때처럼 별의별 상상을 동원해가며 안간힘을 쓰지도 않았다. 그저 오른발 다음으로 왼발을 착실히 디뎠을 뿐이었다.

초등학생 때와는 확실히 마음가짐이 달랐다. 못 달려봤자 누구에게 폐를 끼치는 일도 아니고, 망해도 혼자 망한다고 생각하니 달릴 만했다. 힘이 들면 언제든지 그만둘 준비도 되어 있었다. 그러다 얼떨결에 30분 동안 달리는 사람이 됐다. 30분을 달리게 된 날, 앱에 기록된 달리기 횟수를 처음으로 확인했다. 원래는 24회 만에 30분 달리기가 가능하도록 프로그램이 짜여 있지만, 나는 무려 60회 만에 목표 지점에 닿았다. 정확히 2.5배가 더 걸렸다. 어쩐지 그편이 나다운 것 같아 안심됐다.

그러고 보니 궁금해진다. 아무런 미안함도, 부담감도 없이 팔과 다리를 자유롭게 움직이는 내 모습도 초원을 달리는 동물 같았을까. 가젤 같았을까. 사자 같았을까. 웃는 얼굴이었을까.

어제도 어김없이 정해진 거리를 다 뛰고 여느 때처럼 못다 쉰 숨을 몰아쉬는데, 갑자기 '지금 정말 좋은 시기구나. 나중에 무척 그리워지겠구나.' 하는 생각이 들었다. 그런 낭만적인 생각을 하기에는 이마에서 땀을 뚝뚝 떨어트리고 만신창이 꼴이었는데도 말이다.

지금의 내가 느끼는 모든 환희와 기쁨 그리고 걱정과 슬픔까지도 참 좋은 날들이다. 어이없게도 눈물 나게 그리울 과거가 될 것이다. 맹목적이지 않아도, 목숨 걸지 않아도 자연스럽게 하루가 흘러가고 있었다. 오지 않은 앞날을 고민하는 대신 오른발 다음 왼발을 착실히 딛는다. 초원을 달리는 아프리카 사자처럼. 어린 날 나의 친구들처럼.

100%의 확신

박사 진학을 진지하게 고민하면서부터 친구들을 만날 때마다 확신이 없는 현 상태에 대해 털어놓았다.

"있잖아. 나는 지금까지 100%의 확신으로 움직였거든. 누군가를 좋아할 때도 다른 어떤 불순물이 들어올 틈조차 없었어. 당연히 내 감정을 의심한 적도 없었고. 그런데 박사를 갈까 말까 하는 일은 그렇지 않아. 재미는 있어도, 내가 지금 이 일을 강렬하게 원한다는 100%의 확신이 없어. 어쩌면 좋지?"

깜짝 놀랐던 건 내 하소연에 돌아온 친구들의 대

답 때문이었다. 열에 아홉이 자신은 누군가를 사랑할 때조차 100%의 확신으로 움직인 건 아니었다고 말했다. 오히려 단 한번이라도 완전한 확신을 가지고 움직였던 내가 신기하다고 했다. 어제는 분명 좋아한다고 느꼈으나, 오늘이 되니 아리송하고 고작 이 정도의 마음에 사랑이라는 이름을 붙여도 되는 것인지 자주 의심했다는 친구들의 이야기를 듣고 곰곰이 생각해 봤다.

빈틈없이 확신하는 사랑을 해 본 적은 없다고 고백한 이 중, 상대와 10년을 사귀고 결혼까지 한 사람도 있었다. 둘은 내가 본 모든 부부 중, 손꼽히게 아름다운 커플이었다. 함께 있을 때 완전해 보였다. 반대로 상대를 열렬히 사랑했던 나의 지난 연애가 모두 행복한 결말로 맺어지지만은 않았다. 뜨거운 사랑에 화들짝 놀라 도망간 사람도 있었고, 서로의 속도가 맞지 않아 금세 지지부진해진 관계도 있었다.

빈틈없는 확신만이 우리를 멀리멀리 데리고 가는 것은 아니었다. 자주 자신이 없어진다 한들 그것을 사랑이 아니라고 말할 수는 없는 것처럼. 모두 100%의 확신보다는 망설임 속에서 자신만의 답을 찾아가고 있었다.

'저 사람은 어쩜 저렇게 한 번의 흔들림도 없이 자신의 길을 걸어갈까?' 하고 감탄했던 이들 역시, 수많은 두려움을 안고서도 온몸으로 벽을 밀어내고 있었는지도 모르겠다.

공부를 이어가고 싶은 이유는 간단했다. 100%의 확신은 아닐지라도 마음이 자꾸만 그쪽으로 움직이니까. 5.5대 4.5의 비율일지라도 4.5보다는 5.5가 무거웠다. 세상만사가 순리대로 흘러가지 않는데, 연구는 달랐다. 한 문장 한 문장씩 매일 쓰다 보면 끝끝내 '6. 결론'장에 도달하고야 말았다. 그런 걸 문득 깨달을 때는 지금 하는 일이 못 견디게 좋아서, 입 밖으로 "으으…" 하고 이상한 소리를 내기도 했다.

불현듯 그런 생각이 스쳤다. 간절히 바라던 100%의 확신 같은 거 아무리 생각해도 영영 오지 않을 것 같지만, 10년쯤 지난 어느 날엔 그래도 좋은 선택이었다고 말하는 날이 오지 않을까. 수많은 변수가 나를 조금 더 나은 곳으로 데려다줄 수도 있지 않을까. 적어도 안 하는 것보단 하는 게 나았다 정도로 생각할 수만 있어도 괜찮을 텐데.

둘 중에 선택해야 한다면

아무것도 할 수 없을 것 같은 공포와 무력감에 사로잡히는 날이 있는가 하면, 뭐든 다 할 수 있을 것 같은 용기가 넘쳐나는 날도 있다. 다소 극단적이라 둘 중 그 어떤 것도 오지 않는 게 차라리 나을 수도 있지만, 굳이 선택해야 한다면 후자의 날이 조금 더 많이 오기를. 망상에 가까울 수 있는 그 생각을 현실로 옮겨올 수 있는 성실함이 나에게 있기를.

Chap 3

이제는 아주 가끔만 외롭다

사랑이 최고

지난겨울 우리 집에는 조그만 화초 두 개가 생겼다. 보스턴 고사리와 홍콩 야자다. 이전에는 2m 가까이 되는 남천 나무를 키운 적이 있다. 겨울이 되면 나무를 베란다에 두는 게 영 마음에 걸려 밤마다 내 키보다 더 큰 화분을 낑낑거리며 거실로 옮겼고, 다시 낮이 되면 볕을 조금이라도 더 쬐라고 도로 베란다에 가져다 두느라 고생이 이만저만이 아니었다. 그에 비하면 고작 1m도 안 되는 조그만 화초를 가꾸는 일은 훨씬 편할 것 같았다. 하지만 이쪽은 이쪽대로 너무 작고 여리게 보여 걱정이었다. 따뜻한 지역에서 자라는 아이들인 만큼 혹시

냉해라도 입을까 염려가 됐고, 특히나 고사리 종류는 물을 좋아해서 분무기로 하루에도 몇 번씩 잎에 물을 뿌려 줘야 했다. 마음을 놓을 새가 없었다.

결국 겨울 동안 피치 못할 사정을 제외하고는 외박을 한 번도 하지 않았다. 여행을 가자는 친구들 제안에도 날이 좀 풀리면 가겠다며 차일피일 미뤘다. 친구네 집에서 밤늦도록 이야기가 이어지던 날에도 눌러앉고 싶은 엉덩이를 겨우겨우 떼어 집에 돌아왔다. 우리 집엔 나 말고도 살아 있는 존재들이 있다고! 먹여 살릴 가족이 생긴 가장처럼 꿋꿋하게 집으로 돌아와 화초들을 돌보았다.

그날 집으로 돌아오는 길에 나는 어렴풋이 깨달았다. 대상이 무엇이든, 사랑하게 되면 나를 지우고 양보할 때가 온다는 것을. 그리고 알게 됐다. 나는 기어코 너희를 사랑하게 되었구나. 너희를 내 삶 안으로 들이며 기꺼이 내가 갖고 싶은 것을 포기하고 양보하게 되었구나. 덜어낼 것을 고른다는 건 조금 더 중요한 일에 가까워진다는 의미이기도 했다. 그 순간, 내게 그런 존재가 생겼다는 사실에 가슴이 두근거렸다. 이 마음이 나를 어디까지 가게 할 수 있을지 궁금해졌다.

얼마 전 합정동의 어느 술집에서 친구 두 명과 맥주를 마시던 때였다. 그날따라 모두 취했는지 평소에는 쑥스러워 꺼내지 않던 주제까지 대화가 이어졌고, 결국 '각자의 인생에서 가장 중요한 가치는 무엇인가'라는 거창한 질문까지 주고받게 됐다. '종교', '신뢰', '배움' 같은 단어들이 빗발치는 가운데 나는 '사랑이 최고지!'라는 말을 외치고 말았다. 술기운 때문이었는지 내 목소리에는 주저함이 없었다. 그러자 그 자리에 있던 P가 물었다.

"그러면 만약 사랑하는 사람이 글 쓰지 말라고 하면 어때? 너 안 쓸 수 있어?"

잠깐이지만 곰곰이 생각해 보았고, 슬프겠지만 그럴 수 있다고 대답했다. 결국은 글도 나에게는 사랑을 말하기 위한 수단일 뿐이라고, 어떤 이유에서든 내가 글을 쓰는 일이 사랑하는 사람을 견딜 수 없이 괴롭게 한다면 두 손 털고 뒤도 안 돌아볼 것 같다고.

대답을 들은 친구들은 그건 사랑이 아니라 파멸 아니냐고 우스갯소리로 말했지만, 나에게 사랑은 사실 어떻게든 조금씩은 포기하는 과정이었다. 그리고 역설적으로 그런 과정에서 오래도록 찾아 헤매던 내 진짜 모습에 가까워질 수 있었다. 포기라는 게 꼭 무언가를 잃고 소멸해가는 과정이 아니라는 걸 사랑을 통해 배워 왔으니까.

내 첫사랑의 기억은 어느 여름날의 뙤약볕 아래를 배경으로 한다. 중학생 때 사귀었던 남자친구는 쉬는 시간 동안 종종 농구를 했다. 그날도 나는 그 애를 지켜보며 운동장 스탠드에 앉아 있었다. 골을 넣은 그 애가 또래 남자애들 사이에서 삐죽 솟은 큰 키를 뽐내며 내게 달려왔고, 그 모습을 본 나는 금세 울 것 같은 기분이 되었다. 걔가 너무 멋있어서가 아니었다. 땡볕에서 땀을 뻘뻘 흘리며 농구를 하는 그 애가 너무 안쓰러워 보였기 때문이었다. 지금 생각해 보면 본인이 좋아서 운동하는 게 안쓰러울 일이 대체 뭐가 있나 싶다. 되레 그 짧은 쉬는 시간에도 걔가 보고 싶어서 작열하는 태양 아래 앉아 있던 내가 불쌍하지. 그래도 그때는 그랬다. 나는 어릴 때부터 정말 유난스럽게 깔끔을 떠는 애였는데도, 남자친구가 달려오자마자 더럽다는 생각은 단 1초도 하지 않고 두 손으로 걔 이마에 맺힌 땀을 닦아 주었다.

뜨거운 열기가 내리쬐는 여름 어느 날, 온몸에 땀을 흠뻑 적시고 뛰어다니던 중학생 남자애. 안쓰러울 거 하나 없는 애를 불쌍해하며 눈물을 글썽이던 어린 나. 내 손 가득 묻은 그 애의 땀. 끈적한 여름날의 장면이 그렇게 각인되었다. '사랑은 조금 습한 거구나. 산뜻하지만은 않은 거구나.' 그날 처음으로 사랑에 대해 알게 되었다.

이후, 대상이 누구든 무엇이든 사랑에 빠지는 일은 내 안에 넘치고 넘치던 '나'를 조금 떼어내고 그 자리에 '너'를 자리 잡게 하는 일이 되었다. 사랑은 그렇게 너와 내가 뒤섞여 이전에 만들어 본 적 없던 색깔과 형태를 만들어 가는 과정이었다. 켜켜이 쌓인 마음은 어스름한 새벽의 빛깔 같기도 했고, 작열하는 태양의 빛깔 같기도 했는데 어느 순간 이마저도 뚜렷한 구분 없이 내 안에 녹아들었다. 이 모든 흐름을 단 하나로 정의 내릴 수 있는 단어가 내 안에는 없다. 현재의 나는 내가 사랑했고 사랑하는 것들의 총합이라고 말할 수 있을 뿐.

내 화초들이 어느 날 내게 더이상 글을 쓰지 말라고 하면 어떻게 할 거냐고? 당연히 쓰지 않을 것이다. 고작 1m도 안 되는 키의 그 애들이 사람의 언어까지 익혀가면서 "가연아. 나는 네가 글을 쓰는 게 싫어!"라고 외친다면, 굳이 그 귀엽고 애처로운 말을 무시해야 할 이유는 무엇이란 말인가.

나의 글은 내가 사랑하는 것을 얼마나 사랑하는지 설명하기 위해 존재할 뿐이다.

그런 사람이
아니라는 것을 알잖아

고등학생 시절, 또래 사이에서 겉도는 애가 있었다. 열여덟 살짜리 애들은 대놓고 누군가를 괴롭히지는 않았지만, 공기로 사람을 짓눌렀다. '저 아이와는 어울려서는 안 된다.'라는 룰이 학급 회의 안건을 통과하기라도 한 듯이, 모두 그 애를 멀리했다. 출처 알 수 없는 소문만 무성했다. 중학생 땐 날라리였다더라, 친구들 사이를 이간질하고 다녔다더라 등등.

그런 분위기를 적극적으로 나서서 없애진 못했지만, 소문을 그대로 믿지는 않았다. 뜬구름 같은 소문들 속에 둘러싸여 있는 그 애의 실체를 알고 싶었다. 한창 언론인의 꿈을 키우던 때라 이상한 정의감도 섞여 있었고, 다수 속에서 '나는 달라!' 외치고 싶은 사춘기의 치기가 한몫하기도 했다.

한 달 정도를 가만히 살펴보니 그 애는 소문과는 달리 너무나 평범했고, 어떨 때는 너무 평범해서 이상할 정도였다. 아무리 봐도 소문 속 '그 사람' 같지 않았다. 그 애는 쉬는 시간 동안 혼자서 종이 연습장에 그림을 그리곤 했다. 무엇을 그리는지는 정확히 몰랐지만, 흘끗 보면 종이 위의 낙서는 사람의 얼굴 같았다. 가끔은 이어폰을 꽂고 창밖을 내다보기도 했는데, 바닷가 근처에 학교가 있었던 탓에 열린 창문으로 바다 냄새 가득한 바람이 밀려 들어왔다. 나는 소금기가 묻은 그 냄새가 너무 싫었기 때문에(바닷가 사람들 모두가 바다 냄새를 좋아할 거란 편견이 정말 싫다.) '쟤는 저 냄새가 아무렇지도 않나?' 하는 궁금증도 생겼다.

관찰의 시간이 끝난 후, 종종 그 애 옆자리나 앞자리에 앉아 말을 걸었다. 이건 뭘 그리는 거냐고 물어보기도 했고, 가끔은 내가 좋아하는 소설가와 가수에 대해서도 말해주었다. 주로 내가 떠들었고 그 애는 들었다. 말수는 많이 없었지만 내 이야기에 미소 지어주고, 정성껏 대답해주었다.

짧게만 느껴지던 쉬는 시간 10분 동안, 그 애를 앞에 앉혀 두고 내가 이 노래를 왜 좋아하는지에 대해서 가사 하나하나를 곱씹으며 설명했던 날이 있다. 대단한 노래도 아니고, 그냥 뭐 아이돌 앨범 수록곡 중 하나였던 곡. 지금 생각해 보면 별 재미도 없었을 이야기였는데, 끝까지 내 말을 경청하던 그 애가 말했다.

"지금까지 별 의미 없던 노래였는데, 네가 하나하나 풀어서 이야기해 주니까 굉장히 특별하게 들려. 갑자기 그 노래가 좋아졌어."

그 곡을 만들지도, 부르지도 않았지만 내가 마치 노래에 생명을 불어넣은 것 같아 어깨가 으쓱거렸다. 실은 그 어린 나이에도 애정이 닿는 것들에 생기는 반짝임을 알아본 그 애가 더 대단한 건데.

내가 가지고 있는 가장 좋은 이야기들은 전부 그 애에게만 말하게 되었다. 급식을 같이 먹는 친구들도, 스쿨버스를 같이 타는 단짝도 따로 있었지만 그랬다. 말이 많아 종종 실수하는 나와 달리, 그 애는 하루에 할당된 예쁜 말을 꼭꼭 아껴 놨다가 나에게만 써주는 것 같았다. 자신을 둘러싼 소문에 대해 해명할 법도 한데 굳이 그런 이야기를 먼저 꺼내지도 않았다.

나도 따로 묻지 않았다. '나를 봤잖아. 그런 사람이 아니라는 것을 알잖아. 혹은 그런 사람이더라도 지금 우리에겐 아무 상관이 없잖아.'라는 말이 우리의 공백 속에 흐르고 있는 것 같았다.

목소리가 크고, 친구가 많았던 내게 곁을 내어주는 동안, 그 애를 짓누르던 공기도 풀려갔다. 한풀 누그러진 공기 속에서 그 애가 알고 보면 얼마나 괜찮은 애인지 기회가 될 때마다 말했다. 점차 그 애를 피하거나 나쁜 이야기를 퍼뜨리고 다니는 아이들이 사라져갔다. 여전히 덮어놓고 미워하는 애도 있었지만 적어도 예전처럼 약속이나 한 듯 다 같이 그 애를 따돌리지는 않았다. 예전보다 웃는 횟수가 늘어나 한결 얼굴이 편해진 그 애를 보는 게 그 시절 나의 행복이었다.

사람은 믿는 것보다 믿지 않는 게 쉬운데, 어째서 소문은 믿지 않는 것보다 믿는 편이 더 쉬운지. 어른이 된 나는 그때만큼 치기 어리지도, 용감하지도 않아서 쉽고 편한 일들에 기대고 싶을 때가 있다. 그럴 때마다 그 애 생각을 한다. 네가 얘기해주는 노래가 좋아진다고 말하던 친구, 하루의 좋은 말을 아껴 놨다가 나에게만 조곤조곤 건네주던 친구, 애정 속에서 빛이 나던 사람. 그러다 보면 어느 새 열여덟 그때로 돌아간다. 조금 시간이 걸려도, 조금 수고스러워도 항상 내 눈으로 보고 내 귀로 들어야지. 그 애를 생각하며 약하고 어리기만 한 내 마음을 다시 한번 다잡는다.

진짜 외로울 시간

친구 선희와 얼마 전부터 '노 아이폰 모임'을 시작했다. 일주일에 한 번 만나서 함께하는 두 시간 동안은 핸드폰을 건드리지 않는 것이 이 모임의 유일한 룰이다. 그 시간만큼은 SNS, 유튜브 등에 빠지지 않기 위함이다. 대신 어떤 것을 해도 상관없다. 공부를 해도 좋고, 영화를 봐도 되고, 책을 읽어도 된다. 선희의 회사가 마침 우리 집과 가까워서 모임을 구상하고 실제로 첫 모임을 갖기까지 모든 게 일사천리였다. 우리는 모임 도중 노트북으로 셀카를 찍기도 하고, 두 시간 중 한 시간 동안 수다를 떨기도 한다. 대신 예전에는 만나서 대화 중에도 몇 분에 한 번씩은 들여다 봤던 핸드폰은 건드리지 않는다. 나는 이 모임에서 주로 글을 쓰거나 책을 읽는다. 그게 아닐 때는 마주 앉은 친구에게만 집중한다.

노 인터넷이라는 이름을 붙일 수도 있었지만, 글을 쓰다 보면 급하게 웹에 접속해서 자료를 찾아야 할 때가 있다. 선희도 인터넷 강의로 공부를 하기도 했으므로 인터넷 접속까지 아주 막을 수는 없었다. 하지만 최소한, 인스타그램을 위시한 SNS, 인터넷 카페, 메신저 서비스 등 대표적으로 타인과 '연결'되는 것은 금지하기로 합의했다. 마침 우리 둘 다 아이폰을 쓰고 있었기 때문에 '노 아이폰 모임'이라고 이름 붙였다.

이 모임을 제안했던 이유는 외부 자극으로부터 (정확히는 인터넷 세상으로부터) 단절될 시간, 그래서 자유로울 수 있는 시간이 필요하다고 느꼈기 때문이다. 온종일 핸드폰을 붙잡고 살다 보면 암만 혼자 살아도 늘 누군가와 붙어 있는 기분을 지울 수가 없었다. 핸드폰만 있으면 세상 모든 것들이 몇 초, 몇 분 안에 나와 연결된다. 집에서 꼼짝하지도 않은 채, 지구 건너편에 사는 유튜버의 일상까지도 구경할 수 있다. 온종일 SNS를 들락날락하며 세상 사람들의 휘황찬란한 삶을 무심한 눈으로 바라본다. 때로는 얼굴 한 번 본 적 없는 이와 메신저를 통해 목적도, 즐거움도 없는 대화를 주고받는다.

인스타그램, 블로그, 트위터, 카페를 한 바퀴 쭉 돌며 셀 수 없이 많은 타인들의 삶을 구경하고, 다시 처음으로 돌아가는 사이클이 하루에 수십 번이고 반복되었다. 심지어 그 세계에 존재하는 모두에게 호기심을 느끼는 것도 아니었다. 딱히 저들의 일부가 되고 싶지도 않았다. 그저 걸어가며 스쳐 지나가는 간판을 읽듯 무의미한 행동이었다. 핸드폰 속 세상에 머무는 시간이 늘어날수록, 분명 내 인생인데 나의 이야기를 쌓아 올리는 게 아니라 남의 인생이나 기웃거리며 보내고 있다는 생각을 지울 수가 없었다. 나의 하루가 다른 사람들로 빈틈없이 꽉 들어차 있었다.

사람들로 가득 차 있었으나, 핸드폰 밖 진짜 나는 더 외로워졌다. 아무도 나를 따돌리지 않았는데 나 혼자 기꺼이 방구석 외톨이가 된 것 같았다. 나는 이 갑작스러운 기분에 인스턴트 외로움이라는 말을 붙였다. 고독 뒤에 따라오는 씁쓸한 뒷맛과 그에 따른 존재에 대한 고민 같은 건 하나도 없는 감정. 5초 정도 외롭다가 또 다른 자극적인 이미지에 금세 사그라드는, 외로움을 곱씹을 수도 없는 짧고 강렬한 인스턴트 맛 말이다. 그런 감정 따위는 그만 느끼고 싶은데, 엄지손가락은 자꾸만 화면을 쓸어내리며 새로 뜬 게시글을 보여준다. 그럼 또 인스턴트 외로움쯤일랑 금세 잊고 인터넷 속 사람들을 구경하며 낄낄 웃는다.

이렇게 의지와 몸이 자꾸만 따로 놀면서 어느 순간 핸드폰을 보는 것 자체로 두통이 생겼다. 그때

깨달았다. 무의미하게 손가락으로 화면을 넘기며 궁금하지도 않은 타인의 삶을 구경하는 데 시간을 쓰는 것 자체가 나에게는 일종의 자해와 같은 행동이었다는 사실을. 쉽지만은 않은 현실을 얼마간 잊기 위해 이 네모난 기계를 그토록 들여다보고 있다는 것을.

연결되고 싶어도 연결될 수가 없어 애타는 기분을 느낀 지 너무 오래되었다. 누군가를 좋아할 때면 그 사람과 함께 할 수 없는 동안 지금의 그 사람은 어디서 무얼 하고 있을까 이런저런 상상을 하게 된다. 존재하지 않았던 타인이 내 세계에 불쑥 들어와 전에 느껴본 적 없던 외롭고, 쓸쓸한 감정을 느낄 수 있는 것마저도 사랑의 일부분이라고 생각한다.

하지만 나는 지금 K가 어디서 무얼 하고 있는지, 어제는 누구와 술을 마셨는지, 그가 좋아하는 뮤지션은 누구이며, 평소에 어떤 영화를 주로 보는지까지 모두 알고 있다. 그가 일일이 개인적으로 공유하지 않아도 괜찮다. 우리는 인스타그램 친구이니까. 그의 '현재'를 남김없이 나누는 일이 분명 즐겁기도 했으나, 이상하게도 그를 향한 관심은 자꾸만 시큰둥해져 갔다. 우리의 만남에는 공백이 없었으므로 서로에게 닿지 못해 그립고 애타는 마음이 자라날 곳도 없었다.

외로움이라는 감정 자체만 놓고 말하자면 나는 이 감정을 싫어하지 않는다. 사랑하는 이들의 손이 닿지 않아 외로운 시간. 분명 그 시간 안에서만 얻을 수 있는 삶의 가치들이 있다는 것을 알고 있기 때문이다. 외로움이 선행되어야, 내 내면의 깊은 어둠을 마주하는 것이 가능해진다. 외로워서 고달프고, 외로워서 울컥 눈물이 날 때, 그때 비로소 줍게 되는 나의 조각들이 있다. 나에게는 진짜 외로울 시간이 필요했다.

핸드폰 중독이 심각하다는 것을 깨달은 다음에

는 핸드폰 자체에 있는 '애플리케이션 사용시간 제한 기능'도 써 보았다. 하지만 혼자서는 영 지키기가 어려웠다. 제한 시간이 되면 금세 '15분 더 허용' 버튼을 눌렀다. 차라리 타인과 함께 규칙이라도 만들어서 그 시간 동안은 완전히 멀어져 보자는 결심으로 이 모임을 만들게 된 것이다.

인스턴트 외로움이 아닌 진짜 외로움을 맞닥뜨리기 위한 첫 번째 시도이기도 하다. 어쩔 수 없는 현실 안에 살면서도 내 나름대로 방법을 찾아보는 건 그게 일주일 중 단 두 시간일지라도 어떤 의미로든 남을 것이라 믿는다. 무엇이 됐건 내 하루를 남의 인생이나 기웃거리면서 쓰고 싶지는 않다는 마음만큼은 확실하다.

지금의 나는 단절되기 위해서 누군가를 만나고, 자유롭기 위해서 스스로 구속한다. 빙빙 둘러서 제자리로 돌아가는 기분이라, 걸어가면서도 이게 맞나 싶어 몇 번이나 이정표를 확인하게 된다. 내가 바라던 진짜 고독은 이게 맞을까, 진짜 고독은 대체 어떤 형태로 생긴 걸까, 고독의 원통 안으로 뚝 떨어져 세상 밖으로 향하는 출구조차 찾을 수 없을 때에서야 실감할 수 있는 걸까, 하지만 어떤 방식으로든 한 발을 뗐으니, 언젠가는 불필요한 노이즈가 가득한 세상에서 나 홀로 떨어져 나올 수 있지 않을까. 그렇게 가장 자유로워지는 날을 손꼽아 기다려 본다.

슬픔을 대하는 태도

'어떤 사랑은 물어보지 않는 일이기도 하다.'라는 문장을 어디선가 읽은 적이 있다. 당사자가 나서서 설명하지 않는 슬픔은 모르는 체하는 게 미덕이자 배려이기도 하다. 나 역시 친구 구름이를 그렇게 대했었다. 구름이의 얼굴에 묻어나는 슬픔을 적당히 모르는 체하며 일부러 우리가 좋아하는 아이돌 얘기로 웃고 떠들면서 잠깐의 슬픔을 지우고 그렇게. 그러나 그날은 이상했다. 구름이의 얼굴에서 설명하기 어려운 고단함이 느껴졌다. 구름이 특유의 둥글고 따뜻한 말투는 변함이 없었으나 커피를 마시는 내내 주변 공기가 축축했다. 꼭 먼저 아는 척을 해야 할 것만 같았다.

"너 지금 괜찮아? 무슨 일 있어? 나는 네가 말을 안 하면 몰라. 짐작할 뿐이야. 말하고 싶은 게 있다면 나한테 알려줄 수 있어?"

내 말이 끝나기 무섭게 구름이가 울기 시작했다. 말하지 못했던 감정들이 눈에서 뚝뚝 떨어졌다. 친구가 우는 이유도 모르는 주제에, 맞은편에 앉은 나도 구름이를 따라 같이 울고 싶었다.

구름이는 울면서도 멋쩍은지 "나는 왜 자꾸만 언니 앞에서 울게 될까?"라고 말했다. 빨개진 얼굴을 한 채 억지로 웃어 보이는, 나보다 다섯 살이나 어린 친구가 짠하고 안쓰러웠다.

조금 진정이 된 후, 구름이는 자신을 괴롭게 하는 상황에 관해 이야기했다. 어렵게 꺼냈을 친구의 말을 한마디도 허투루 듣고 싶지 않아, 온 정신을 바짝 집중했다. 이야기를 듣고 난 후에는 '모두 다 어루만져 줄 수는 없겠지만, 앞으로도 힘든 일이 있으면 참지 말고 꼭 말하라'고 당부했다. 하지만 구름이는 자신의 감정을 나누는 일이 걱정된다고 했다. "내가 힘든 걸 말하면 듣는 사람까지 지칠까 봐 걱정돼." 힘든 상황 속에서도 상대까지 헤아리려는 구름이가 안쓰러웠다. 그 모습을 바라보며 진심을 꾹 눌러 담아 대답했다.

"구름아. 우리는 남이야. 슬프고 잔인하지만 돌아서면 끝이라는 뜻이야. 지금은 이렇게 진심으로 널 위로하지만, 뒤돌아서면 너의 눈물 같은 건 까맣게 잊어버릴지도 몰라. 우리 둘 중 미안한 마음을 느껴야 할 사람이 있다면 그건 힘든 네가 아니라, 곧 잊어버릴지도 모를 나야. 그러니까 미안하다 생각하지 마. 얼마든지 편하게 말해줘. 같이 있는 시간만큼은 힘이 되어줄게."

우리는 남이라는 것. 구름이에게도 나에게도 정말 슬프고도 잔인한 사실이다. 지금 이 순간 아무리 진심을 다해 너의 마음을 들으려 해도, 오늘 밤이면 내 고통이 더 중요해지리라는 것. 결코 네 슬픔의 생김새와 닳고 닳은 모서리까지 전부를 알 수 없다는 것.

몇 년 전 새해를 앞두고 목표 삼아서 썼던 말이 있다. '함부로 안다고 말하지 말 것.' 구체적인 행동과 관련한 목표는 하나도 없었으면서 이 문장 하나만 주문처럼 일기장에 한 획 한 획 정성스럽게 써두었다. 그간 너무 쉽게 자신하고, 쉽게 위로하는 말들 속에서 자주 외로워졌다. 눈물을 뚝뚝 떨어뜨리는 사람 앞에서 "나도 네 슬픔이 무엇인지 알아." 라고 말하며 어깨를 감싸는 손을 보았다.

하지만 다들 정말 알았을까. 안다고 말하는 순간, 어쩌면 정말 그 슬픔의 본질에서는 한 발자국 더 멀어진 게 아니었을까. 도리어 위로를 하는 순간, 눈물 흘리는 상대를 더 외롭게 만든 건 아닐까.

나 역시 '네 슬픔을 안다.'는 말에서 자유로울 수 없었다. 쉽게 확언하고 싶어질 때마다 저 문장을 몇 번이나 되새겼다. 함부로 안다고 말하지 말 것. 함부로 안다고 말하지 말 것. 모를수록 조금이나마 가까워졌다. 내가 너와 같은 사람일 수 없기에 다가가기 위해 애썼다. 그날의 구름이와 나처럼.

4월 16일. 매해 이날이면 어떤 식으로든 그들의 목소리를 들으러 가까이 갔다. 이미 읽었던 글도 다시 꺼내서 읽었다. 한번도 잊어본 적 없지만, 잊지 않기 위해 되새기고 상기했다. 광화문도 가고, 조계사도 갔다. 상황이 여의치 않을 때는 온라인 행사라도 참여했다. 매해 모든 자리가 마음 아팠으나 희생자의 형제자매가 주축이 되는 자리에 갔던 일이 가장 고통스러웠다. 동생의 침대에 한참 동안 누워서 동생을 떠올렸다는 이야기를 들을 때는 염치없이 눈물이 자꾸만 났다. 그곳이 어떤 자리보다 와 닿았던 이유는 나 역시 누군가의 자매였기 때문이다. 교집합이 있어야 그 고통의 형태를 어렴풋이 짐작이나마 해 볼 수 있다는 것이 부끄러웠다. 겹

쳐지지 않는 고통은 감히 짐작도 해 볼 수 없었다.

추모 자리에 다녀오면 며칠을 괴로워하고 침잠하는 나를 보고, 엄마가 조심스럽게 '그렇게 힘들면 그냥 마음속으로 기도만 해도 충분하지 않겠냐'고 하신 적이 있다. 하지만 그럴 수는 없었다.

"엄마. 내가 아무리 슬퍼 봤자 그 사람들의 발끝도 못 좇아가잖아. 뒤돌아서면 아무렇지 않게 다 잊을 거잖아. 그러니까 일 년 중에 딱 하루만이라도 가까이서 들어야 하는 것 같아. 그것도 안 하면 내가 사람으로 안 느껴져."

사람은 사람이라 타인의 고통을 너무 쉽게 잊고 살지만, 사람은 사람이라 그 고통을 잊지 않기 위해 계속해서 타인에게 다가가는 존재일 것이다. 아무리 아파하고 슬퍼해봤자 발끝도 따라갈 수가 없어서, 딱 하루만이라도 내가 갈 수 있는 한 가장 가까운 곳으로 가보려고 한다. 그 고통을 안다고는 절대로 말할 수가 없어서 더 가까운 곳으로 가보려고 한다. 감히 짐작도 할 수 없는 고통이 이 세계에 너무나 많다. 할 수 있는 게 없어서 여기 또 한 사람이 기억하고 있다는 말만 한다.

원하는 것은
원하는 때에 가져야 한다는 것

스물셋, 나는 영국 옥스퍼드에 있었다. 일 년간 랭귀지 스쿨에 다니며 영어를 배우기 위해서였다. 늘 그렇듯 영어보다는 술이 더 빨리 늘었다. 하루가 멀다 하고 세계 여러 나라에서 온 친구들과 맥주를 마셔댔다. 옥스퍼드는 조용하고 조그만 도시였다. 펍에서 나와 2차로 갈 수 있는 곳을 찾아봐도 그때까지 문을 연 곳이라고는 맥도날드밖에 없는 그런 동네.

그 시절의 나는 좋아하는 사람에게 조금 더 함께 있자는 말을 세련되게 할 줄 모르는 어린애였다.

새어나가는 마음을 숨길 줄도 몰랐다. 고작 꺼내는 말이라고는 우르르 펍을 빠져나가는 행렬 속에서 슬쩍 그를 붙잡아 해장 핑계를 대며 햄버거를 먹으러 가자고 조르는 게 다였다. 걔는 해장으로 라면 국물이나 마시는 애였지만, 술 때문에 눈이 반쯤 감긴 얼굴을 하고서도 햄버거를 먹자는 내 요청을 웃으며 승낙해 주었다.

그러고 보니 우리가 처음 만나게 된 것도 햄버거 덕분이었다. 당시 그곳 버거킹에서는 매주 수요일마다 와퍼 버거를 반값에 팔았다. 식비를 아끼려 꼬박꼬박 발도장을 찍던 어느 수요일, 우연히 만난 친구에게 요란한 인사를 건네다 친구 옆 사람의 어깨를 건드렸다. 그가 한국인인 것만 인지한 상태에서 꾸벅, 사과하고 고개를 드는데 눈이 마주쳤다.

순간, 그를 제외한 모든 것이 부옇게 흐려졌다. 보이는 건 오로지 민망해하는 나를 장난스럽게 쳐다보는 그의 얼굴이었다. 사과하고 편하게 대화를 이어가려 했는데, 첫눈에 홀딱 반해버린 나는 침만 꿀꺽 삼켰다.

차분한 진갈색 생머리와 그와 대비되는 하얀 얼굴. 'Oxford'라는 글자가 적힌 회색 후드까지. 짧은 시간 동안, 가게에서 흘러나오는 시끄러운 팝 음악 소리보다 내 심장이 훨씬 크게 요동치는 것 같았다. 햄버거 가게는 절대로 로맨틱한 사건의 배경이 될 수 없을 거라고 여겼는데, 사랑에 빠지는 일에 장소는 문제가 되지 않는다는 것을 그 사람 덕분에 알게 됐다.

지금 와서 말하기엔 쑥스럽지만, 얼굴을 보자마자 사랑에 빠졌다는 것을 확신했다. 우리가 함께하게 되리라는 사실까지도. 언젠가 봤던 팝 스타의 인터뷰 한 대목처럼 온 우주가 나에게 '그를 사랑하게 될 것'이라고 외치는 것 같았다.

너무 소중한 것은 깨질까 잃어버릴까, 가지기조차 두렵다는 사실을 처음 알았다. 교집합 역할을

해 주던 친구 덕분에 그와 쉽게 가까워졌다. 딱히 놀러 갈 곳이 많지 않았던 옥스퍼드에서 동갑이었던 우리 셋은 늘 몰려다니면서 도서관에 가거나 한 명의 집에 모여 앉아 밤새도록 수다를 떨곤 했다. 내 마음을 표현할 기회는 많았다. 그러나 친구 이상의 사이로 나아가는 것은 엄두가 나지 않았다.

나는 뭘 잘 잃어버리고 망가뜨리는 편인데, 대신 잃어버리고 깨 먹어도 슬퍼하지 않았다. '그럴 수도 있지. 나랑 인연이 아닌가 보지.'라고 생각하고 말았다. 지갑을 잃어버려 비닐봉지에 동전을 넣어서 다니거나, 깨진 핸드폰 액정에 테이프를 덕지덕지 붙이고 다녀서 많은 친구들이 그런 내 모습을 보고 자주 웃었다. 그만큼 나에게 뭔가를 잃어버리고 부러뜨리는 일은 일상다반사였다.

그러나 무엇이 깨지거나 망가지는 일에 크게 연연하지 않던 나조차도 그 친구와 연인이라는 이름으로 묶이기가 두려웠다. 처음 느껴보는 두려움이었다. 연인으로 묶인 우리에게 뒤따라올 이별이 겁

났다. 혹시라도 그와 영영 헤어지게 되면 마음이 깨질까 봐, 깨진 마음을 오래오래 품고 살게 될까 봐 무서웠다. 마음을 숨기고 숨기다 한다는 말이 고작, 햄버거나 먹으러 가자는 말이었다.

영국 생활 막바지 3개월 정도를 그와 나, 우리의 인연을 이어준 친구 셋이서 매일 매일 밥을 먹고 술을 마시고 햄버거를 먹었다. 십 년 후에 셋이서 다시 이곳으로 여행을 오자는 약속을 몇 번이고 했다. 그럴 때면 반드시 십 년 후에도 우리가 우리이기를 마음속으로 빌었다. 비가 쏟아져도 우산을 안 쓰고 길거리를 뛰어다녔고, 날이 좋으면 동네에 있는 공원에 누워 있었다. 좋아하는 마음은 나도 모르게 자주 새어나갔지만, 말은 새어나가지 않도록 입을 꾹 다물고 있는 날들이 이어졌다. 이 소중한 시간을 내 손으로 망가뜨리고 싶지 않았다.

결국 그와 연인이 됐다. 영국이 아닌 한국에서.

귀국 후, 일 년 정도의 시간이 흐른 뒤였다. 한국에 돌아와서도 종종 얼굴을 보고 지내던 그가 갑자기 고백을 했다. 가지기조차 두려웠던 뜨거움은 진작 잃어버리고 없으면 없는 대로 살아지던 때였다. 한풀 꺾인 열기를 알고 있었지만, 평생 그만큼 좋아해 본 사람은 없었기에, 그의 어려운 고백의 말이 끊어질세라 나는 후다닥 알겠다고 대답했다. 그렇게 우리는 연애를 했고, 이별했다. 특별할 것 하나 없이.

우리가 연인이었던 시간 중 분명 서로를 사랑했던 날도 있었을 것이다. 하지만 함께했던 시간의 대부분은 상대로부터 과거의 파편을 찾아 헤매는 데 쓰였다. 분명히 눈앞의 이 사람 말고는 가지고 싶은 것이 없던 시절이 있었는데, 계속 바다 건너 저 멀리 진작에 끝나 버린 시간만을 그리워하는 형국이었다. 해장으로 뭘 더 먹자고 조르는 일도 없었다. 적당히 만나 적당히 데이트하던 우리는, 적당히 헤어졌다. 당연하게도 십 년 뒤 영국으로 다시 여행을 오자는 약속은 지킬 수 없게 되었다.

원하는 것은 원하는 때에 가져야 한다는 것. 뜨거운 마음이 한풀 꺾인 채로 시작된 연애가 끝난 후, 어렴풋이 알게 되었던 것은 이것이었다. 그때 내가 해야 했던 일은 햄버거를 먹으러 가자고 조르는 대신, 깨져 버리고 말 마음을 알면서도 '나는 네가 좋다'고 말하는 일이었다. 아무리 진짜에 가까웠던 마음이라도 유통기한이 지나면 별 힘이 없으니 말이다. 여섯 살 때 갖고 싶었던 공주 드레스를 지금의 나에게 가져다줘 봤자 아무짝에도 쓸모없는 것처럼.

원하는 것을 원하는 때에 가지게 되는 기적 같은 일이 인생에서 몇 번이나 일어날까. 커다란 털실 뭉치 같이 엉킨 세상에서 내가 당신을 알아볼 가능성, 용기를 그러모아 당신에게 다가갈 가능성. 무엇보다 당신 역시 나와 다르지 않은 마음일 가능성.

그 모든 희박한 가능성이 같은 자리에서 운명처럼 교차할 때, 그때야말로 우리가 기적을 만들 수 있는 유일한 순간이지 않을까.

내 짐이 어디로 간 거지?

연말이 되니 다들 한 해 동안 끌고 왔던 짐을 정리하느라 꽤 어지러운 모양이다. 날이 추워지면서부터 친구들을 만날 때마다 올해가 가기 전 털어내고 싶은 고민거리를 나눈다. 누구는 이직, 누구는 대학원, 누구는 운동. 다들 카테고리는 달라도 아직 결정 내리지 못한 일들을 해가 바뀌기 전에 서둘러 매듭짓기 위해 열심이다. 일 년간 대체 뭐 하고 지내다가 왜 12월에게만 이렇게 과중한 책임감을 부여하는 거냐고 묻고 싶지만, 나 역시 별반 다르지 않으므로 그들의 하소연에 동참할 뿐이지 뭐.

봄, 여름, 가을을 지나오며 미처 다 자라지 못한 마음들이 갈피를 잡지 못하고 헤맬 때마다 '연말이 되면 뭐가 좀 나와 있겠지, 뭐라도 좀 되어 있겠지.' 하면서 걱정과 고민거리들을 죄다 뒤로 미루었다. 특히 올해는 대학원을 졸업하고 직장을 가진 첫해라 아직 어딘가에 안착한 느낌 없이 내내 허공을 헤매는 기분이었다.

지금 하는 일, 미래의 밥벌이에 대한 걱정, 어떤 자리에서든 놓고 싶지 않은 글쓰기, 언젠가는 시작할지도 모를 박사 공부. 여러 가지 경우의 수를 떠올리면서 이후의 삶을 점쳐보았다. 담백한 마음가짐으로 대하는 지금의 직업도 나쁘지 않았지만, 불현듯 무서운 생각이 들 때도 있었다. 먹고사는 일에 파묻혀 '쓰는 일'과 한 발짝씩 멀어지다 이대로 영영 멀어지지 않을까, 두려운 그림이 그려질 때마다 머리를 도리도리 털어댔다. 나에 대한 의심일랑 접어 두고 우선은 눈앞의 할 일들을 위해 몸을 움직였다.

마침내 그 12월이 되었다. 여전히 뚜렷한 결실이나 해결된 고민은 없다. 사실 이렇게 될 것을 진작부터 다 알고 있었다. '연말이 되면 뭐가 좀 나와 있겠지.'라는 말은 그저 눈앞, 그 계절에 집중하기 위해 나 자신에게 거는 마법 비슷한 거였으니까. 고민이야 언제나 비슷한 형태를 이루고 전 생애를 걸쳐 이루어지는 것이니, 여름 내내 고심했던 것이 겨울이 되었다고 아무렇지 않아지는 경우는 별로 없다.

생각해 보면 고등학생 때도 지금과 비슷했다. 대학에 대한 고민이 직업에 대한 고민으로 소제목을 바꿔 달아서 그렇지, 대주제로 따지자면 비슷한 넘버로 분류될 것이다. 미래, 자아정체성, 취미, 해야 할 일과 하고 싶은 일들의 아슬아슬한 줄타기 등.

그때도 지금도 길고 긴 고민을 해결하는 과정은 도착점을 정해놓고 달려가는 일이 아니었다. 고민이란, 짐을 지고 있는지도 까먹은 어느 날, '아 맞다! 나 이걸로 오랫동안 머리 싸매고 있었지?' 하고 깨달을 때야 비로소 털어 버릴 수 있는 성질의 것이었지.

그러니까 12월이 됐는데도 뾰족한 수가 없다고 난처해하는 게 아니라, "어차피 이럴 줄 알았어."라는 말이나 내뱉으며 늘 하는 고민들을 배낭에 욱여넣고 또 걸어 가보는 거야. 넓고 깊은 바다에서 천천히 헤엄치며 영원히 숨 쉴 수 있는 사람이라도 된 듯 살아보는 거야. 어느 날 배낭을 뒤지다가 '어? 내가 넣어둔 그 짐이 분명히 여기 있었는데, 어디 간 거지?'하고 어리둥절한 표정을 짓게 될 그 날만을 기다리면서.

당신이 남겨준 마음으로

서울에 있는 대학을 가기로 결심한 건 한 아이돌 그룹 때문이었다. 그러니 십 년이 넘은 나의 서울 생활은 그들을 빼놓고 설명할 수 없겠지. 2008년 5월 25일 한 그룹의 데뷔를 알리는 티저 영상이 떴다. 슉틱타- 로 시작하는 그 영상을 본 순간, 나의 마음은 이미 서울에 있었다.

사랑은 때때로 놀라운 힘을 발휘하게 해서, 고등학교 생활 내내 발휘한 적 없던 집중력을 남은 6개월간 몽땅 몰아 썼다. 오로지 그들이 노래 부르고 춤추는 모습을 조금 더 가까운 곳에서, 조금 더 편하게 보고 싶은 마음뿐이었다. 서울에 있는 대학으로 입성하고 난 뒤에는 정말로 본 목적에 충실했다. 그들의 얼굴을 보기 위해 밤샘도 마다하지 않았다.

그중에서도 내가 제일 좋아하는 멤버는 '종현'이었다. 그를 보기 위해 팬 사인회도 갔고, 콘서트도 갔다. 그룹의 무대도 정말 사랑했지만, 그의 목소리가 한 곡을 온전히 채우는 순간도 사랑했다. 나와 동갑인 종현은 언제나 나를 조금 더 잘 살고 싶게 만드는 사람이었다.

무대 위에서 그는 빛이 났다. 비유적인 표현이 아니었다. 핀 조명이 땀이 흐르고 있는 그의 얼굴을 비출 때마다 정말로 반짝거렸으니까. 숨이 붙어 있어서 살아 있는 그런 것 말고, 정말로 온몸으로 호흡하며 살아가는 사람으로 보였다. 이렇게나 좋아하는 사람이 무대 위에서 생기 있게 반짝이는 모습을 보며 나도 언젠가는 어디가 될지도 모르는 내

자리에서 딱 저만큼 빛나고 싶다고 생각했다.

팬 사인회에 가서는 준비한 말은 하나도 못 했다. 나와 같은 스무 살인 그의 얼굴을 보는 순간 모든 것을 까먹었기 때문이다. 내 주위의 샤이니 팬이 아닌 사람들도 네가 가장 멋있다고 말한다고, 우리는 동갑인데 언젠가는 나 역시 너처럼 멋진 사람이 될 테니 뭐라도 함께 작업하는 날이 오면 좋겠다고 쏟아내듯 말했다. 그는 뭐라고 대답했더라. 웃으면서 꼭 그러자고 했던 것 같다. 집으로 돌아가는 길에는 '불순물 하나 섞이지 않은 순수한 애정으로 누군가를 응원할 수 있는 일'이 나를 얼마나 충만하게 하는지 생각했다. 그를 향한 마음은 내 삶에 내린 하나의 축복이었다.

그러던 어느 날, 그가 떠났다.

"너는 언제까지 샤이니 좋아할래?"라고 농담으로 묻는 친구들에게 "글쎄. 처음 몇 년처럼 뜨거운 마음은 아니지만 이대로라면 디너쇼도 갈 것 같은

데."라고 퍽 진지한 대답을 내놓던 시기였다.

장례식장에 갔다. 아주 추운 겨울이었다. 버스에서 내려서 장례식장까지 걸어가는 동안에도 부끄러운 줄 모르고 엉엉 울었다. 조문을 온 사람들이 워낙 많았던 탓에 줄을 길게 서야 했는데, 서 있는 사람들 옆에서 어떤 할머니가 예수님 믿으라고 소리를 쳤다. 그래야 천국에 갈 수 있다고 했다. 이미 지옥으로 쫓겨난 사람들 앞에서 아무 의미 없는 말이었다. 욕이라도 하려고 했는데 다른 분이 최대한 침착을 유지하며 여기 그런 소리 하는 곳 아니니 얼른 가시라고 할머니를 보냈다. 사람들이 더 울었다.

한동안은 일상이 완전히 망가졌었다. 재밌는 영화가 개봉했다고 해도 선뜻 영화관에 갈 수가 없었고 새로 나온 노래들은 강박적으로 피해 다녔다. 길거리에서 흘러나오는 최신 가요들을 듣지 않기 위해서 예전 노래가 나오는 이어폰을 귀에 꽂고 빠르게 걸었다. 자꾸만 옛날 것들만 찾아보았다. 2017년 12월 이전의 것들. 당신이 여기에 있었을 때 이미 있었던 것들. 당신도 볼 수 있었던 것들.

꾹 참고 살다가도 한 번씩 예상치 못한 곳에서 무너졌다. 참여하던 독서 모임에서 사후 세계, 영혼과 관련한 책을 읽던 날이었다. 발제자가 참여자들에게 발제문을 읽어 달라고 요청했다. 내 차례가 와서 "삶에는 죽음이 뒤따르게 마련이라는 사실…"까지 읽는데 그대로 울음이 터졌다.

몸이 너무나 큰 슬픔을 감당하지 못할 때 밖으로 밀려 나가는 슬픔의 덩어리가 눈물이라 생각한 적 있다. 하지만 그 문장을 읽는 동안은 슬픔이 밖으로 밀려 나가고 있다는 자각도 없이 눈물을 흘렸다.

영원한 삶 같은 건 누구에게도 없다. 그 글에서처럼 죽음은 삶 뒤에 마땅히 따르는 것이었다. 자신의 선택이든, 마지막 촛불이 꺼져서 떠나든 그건 매한가지였다. 그 당연한 진리를 까맣게 잊고 살았다. 사랑하는 이의 얼굴이 세월과 함께 늙어가는 것을 바라볼 수 있는 일이야말로 말도 안 되는 행운에 가까웠다.

"너 샤이니 좋아하지 않아? 거기 멤버 하나 죽어서 어떡해."라는 값싼 위로를 종종 듣기도 했는데, 어떤 위로는 사람의 마음을 헤집어 놓는다는 것을 그런 식으로 배우게 됐다. 그를 아끼고 좋아해 온 나의 십 년은 어디까지나 나의 시간일 뿐이었고, 어떤 사람들에게는 티브이에서 보는 안타까운 한 줄의 뉴스일 뿐이었다.

그가 떠난 후, 가장 견딜 수 없는 일은 종현이 남겨 놓은 모든 작품들을 '우울'이라는 프레임 안에 욱여넣어 소비하는 행태였다. 종현은 생전에 노래를 직접 만들고 가사를 쓰는 사람이었다. 사람들은 그가 만든 모든 작품들이 '우울감'에서 비롯되었을 거라고 떠들어댔다. SNS의 유머 계정 같은 곳에서는 그가 쓴 노래 가사들을 추측하고 해석해대면서 그가 겪었을 감정을 멋대로 결론지어버렸다.

10년 동안 그를 응원한 사람으로서 감히 말해 보자면 그의 인생에는 다채로운 감정이 존재했다. 우리가 그렇듯 그 역시 그랬다. 행복과 기쁨과 사랑으로 써 내려간 노래 역시 수없이 많다. 단편만을 가지고 그의 인생 전체를 판단하는 것은, 그 어떤 누구라도 할 수 없는 일이었다.

'나이가 가장 어린 막내 멤버가 형들의 말을 잘 듣냐'고 물었던 인터뷰어에게 "태민이가 우리 말을 꼭 잘 들어야 할 필요는 없어요. 태민이는 스스로 행동하는 아이지, 우리 중 누구의 말도 따를 필요가 없어요."라고 대답하던 산뜻하고 다정한 그의 성정을 우리 모두는 참 사랑했다. 2013년, 사회 구성원으로서 최소한의 보호와 존중도 받지 못하는 성소수자의 현실에 대해 토로하던 한 대학생의 대자보를 자신의 SNS 프로필로 걸어 놓고, 대자보 작성자에게 '다름은 틀린 것이 아니라는 걸 똑바로 외치시는 모습을 응원한다'고 직접 메시지를 보낸 그를 기억한다. (차별금지법은 2023년 현재에도 여전히 제정되지 않았다.) 눈물이 많아 공연마다 팬들 앞에 주저앉아 자신이 이렇게 사랑받아도 되는 거냐고 말하며 펑펑 울던 그의 모습을 기억한다.

눈물과 웃음, 행복과 슬픔, 영광과 비탄. 이 모든 모습이 한 사람의 삶 안에 동시에 존재할 수 있다는 것을 나는 알고 있다.

언젠가 존재의 진정한 의미는 무엇이냐고 묻는 인터뷰어의 질문에 종현은 이렇게 대답했었다.

"예를 들면 산타클로스 같은 거예요. 이 세상에 존재하지 않는다는 걸 모두가 알지만 산타클로스가 있다는 믿음으로 착한 일을 하게 되면, 그러니까 나에게 어떤 영향을 주면 그건 실존의 유무를 떠나서 존재하는 거라고 생각하거든요. 그렇게 '존재한다'와 '존재하지 않는다'의 경계가 무너져버리게 되는 거죠."

나는 이 대답을 아주 소중하게 여긴다. 종현은 여전히 내게 영향을 주고 있기 때문이다. 그의 부재 이후, 주위의 슬픔을 놓치지 않는 눈 밝은 사람이 되기 위해 노력하며 산다. 나는 이제 그 누구의 아픔에 대해서도 함부로 '안다'고 말하지 않게 되었다. 내가 모두를 구할 수 없다는 삶의 지엄한 진리쯤이야 알지만, 손 뻗으면 닿는 거리 안에 있는 사람들만큼은 슬픔에 잠식당하지 않기를 간절히 바라며 산다.

"우리는 다 각자의 지옥에서 사는 거야. 그러니 누가 누굴 구해줄 생각 말고 각자 알아서 사는 거지."라는 말을 버릇처럼 내뱉던 나는 더이상 없다. 삶은 분명 각자의 지옥이라고 할지라도, 가끔은 내 지옥에서 너의 지옥으로 건너가 손을 꼭 맞잡을 수도 있을 테니까. 진심을 다해 손 잡아주는 사람이 있다면 어떤 지옥이든 조금은 나을 테니까.

이 모든 건 그가 남겨 놓고 간 유산이다. 그러므로 어떤 방식으로든 종현은 이 세상에 나와 함께 존재하고 있다.

어떤 슬픔은 뇌가 아니라 마음에 자리를 잡는다. 마음을 구성하는 건 매일 죽고, 매일 태어나는 세포가 아니라서 하필 이곳에 흔적을 남긴 것들은 사는 내내 나와 함께 밥을 먹고 잠을 자고 아침을 맞이하고 길을 걷는다. 예전에는 그게 저주에 가깝다고 생각했다. 우리는 왜 하필 마음을 가져서, 만져지지도 보이지도 않는 이딴 걸 가져 버려서 떨쳐내지도 못한 채 고통받아야만 하는가.

하지만 머리나 종이가 아니라 마음에 무언가를 남겨 둔다는 건, 평생 기억하겠다는 약속과 같은 의미로도 쓰일 수 있음을 이제는 안다. 너무 슬프지만은 않은 마음으로, 그 슬픔과 함께 뚜벅뚜벅

잘살아 보려고 한다. 언젠가 꿈에서라도 그의 무대를 다시 볼 수 있다면 당신은 여전히 내 자랑이라고 아주 멀리서 조용히 고백하고 싶다.

이제는
아주 가끔만 외롭다

자주 외로워했던 어린 내가 이제는 아주 가끔만 외롭다. 혼자 눈을 뜨고, 혼자 밥을 먹고, 혼자 새벽까지 글을 쓰다 잠이 드는 날에도 마음이 시리지 않다. 복잡한 내 마음을 열고 들어와 준 이들 덕분이다. 강요하지 않고도 자신의 방식으로 나를 깨닫게 하는 사람들, 살면서 중요한 게 무엇인지 잊지 않게 해 주는 사람들. 서로가 서로에게 영원히 타인일 수밖에 없는 사실을 다 알면서도 가장 가까이 다가서는 방법이 무엇인지 알려준 사람들 덕분이다.